\ きみも ぼくらの仲《なか》間《ま》になる! /

特《とく》別《べつ》プレゼント

ぼくら会《かい》員《いん》証《しょう》

NORMAL TYPE

PHOTOGRAPH TYPE

★点線《てんせん》で切《き》りとって使《つか》ってね。カッターとじょうぎを使《つか》って切《き》りとって、会員証《かいいんしょう》の四方《しほう》の角《かど》ははさみを使《つか》うと、きれいに切《き》れるよ。

＼きみも ぼくらの仲間《なかま》になる！／

特別《とくべつ》プレゼント

ぼくら会《かい》員《いん》証《しょう》

……………………………………………………

……………………………………………………

……………………………………………………

……………………………………………………

……………………………………………………

……………………………………………………

……………………………………………………

……………………………………………………

©Shin Hashimoto

★油性《ゆせい》ペンで、Nameにきみの名前《なまえ》を、Dateにぼくらの仲間《なかま》になった日《ひ》を書《か》いてね。
★PHOTOのところに、きみの写真《しゃしん》をはってね。

ぼくらの卒業《そつぎょう》
いたずら大作戦《だいさくせん》　上《じょう》

宗田《そうだ》 理《おさむ》・作
YUME《ゆめ》・絵
はしもとしん・キャラクターデザイン

角川つばさ文庫

「ぼくら」の事件《じけん》ファイル

夏休《なつやす》み 東京《とうきょう》の中学校《ちゅうがっこう》、1年《ねん》2組《くみ》の男子全員《だんしぜんいん》が廃工場《はいこうじょう》に立《た》てこもり、大人《おとな》への反乱《はんらん》！

2学期《がっき》 “天使《てんし》ゲーム” それは、1日《にち》1回《かい》、大人《おとな》にいたずら！ ところが、殺人事件《さつじんじけん》が…!?

3学期《がっき》 宇野《うの》と安永《やすなが》がUFO《ユーフォー》につれ去《さ》られたように消《き》えた!? 二人《ふたり》を救《すく》うため、宗教団体《しゅうきょうだんたい》の要塞《ようさい》へ侵入《しんにゅう》！

春休《はるやす》み ドロボウのアジトを発見《はっけん》。盗品《とうひん》をうばい返《かえ》し、貧《まず》しい人《ひと》にバラまく計画《けいかく》を立《た》てる！

ゴールデンウイーク 学校《がっこう》を解放区《かいほうく》に！ 廃校《はいこう》をおばけ屋敷《やしき》にして、悪《わる》い大人《おとな》との戦《たたか》い！

2年《ねん》1学期《がっき》 新担任《しんたんにん》と校長《こうちょう》が来《き》た。ところが、殺人予告状《さつじんよこくじょう》!?

2年夏休《ねんなつやす》み 南《みなみ》の島《しま》での戦《たたか》い！ 無人島《むじんとう》で怪盗《かいとう》との戦《たたか》い！

2年《ねん》2学期《がっき》 ヤバイバイト作戦《さくせん》！ 黒《くろ》い手帳《てちょう》を手《て》に入《い》れる。山奥《やまおく》で出会《であ》った生徒《せいと》も校舎《こうしゃ》も消《き》えてしまう!?

2年《ねん》3学期《がっき》 悪《わる》い大人《おとな》をやっつけるため、C計画委員会《クリーンけいかくいいんかい》を結成《けっせい》！ 悪《わる》い(黒)会社《ブラックかいしゃ》との戦《たたか》い!!

3年《ねん》1学期《がっき》 ぼくらだけの修学旅行《しゅうがくりょこう》を計画《けいかく》！ 爆笑《ばくしょう》＆スリル満点《まんてん》の体育祭《たいいくさい》！ 子《こ》どもだけのテーマパークで決戦《けっせん》!!

3年夏休《ねんなつやす》み 1945年《ねん》にタイムスリップ!? 小学生《しょうがくせい》とおばけ屋敷《やしき》を作《つく》る！

3年《ねん》2学期《がっき》 人気《にんき》アイドルが一日校長《いちにちこうちょう》に！ 先生《せんせい》にいたずら劇《げき》！ 大爆笑《だいばくしょう》の学園祭《がくえんさい》!!

3年冬休《ねんふゆやす》み 無人島《むじんとう》ツアー！ 黄金《おうごん》の宮殿《きゅうでん》!?

3年《ねん》3学期《がっき》 飛行機《ひこうき》がハイジャックされる!?

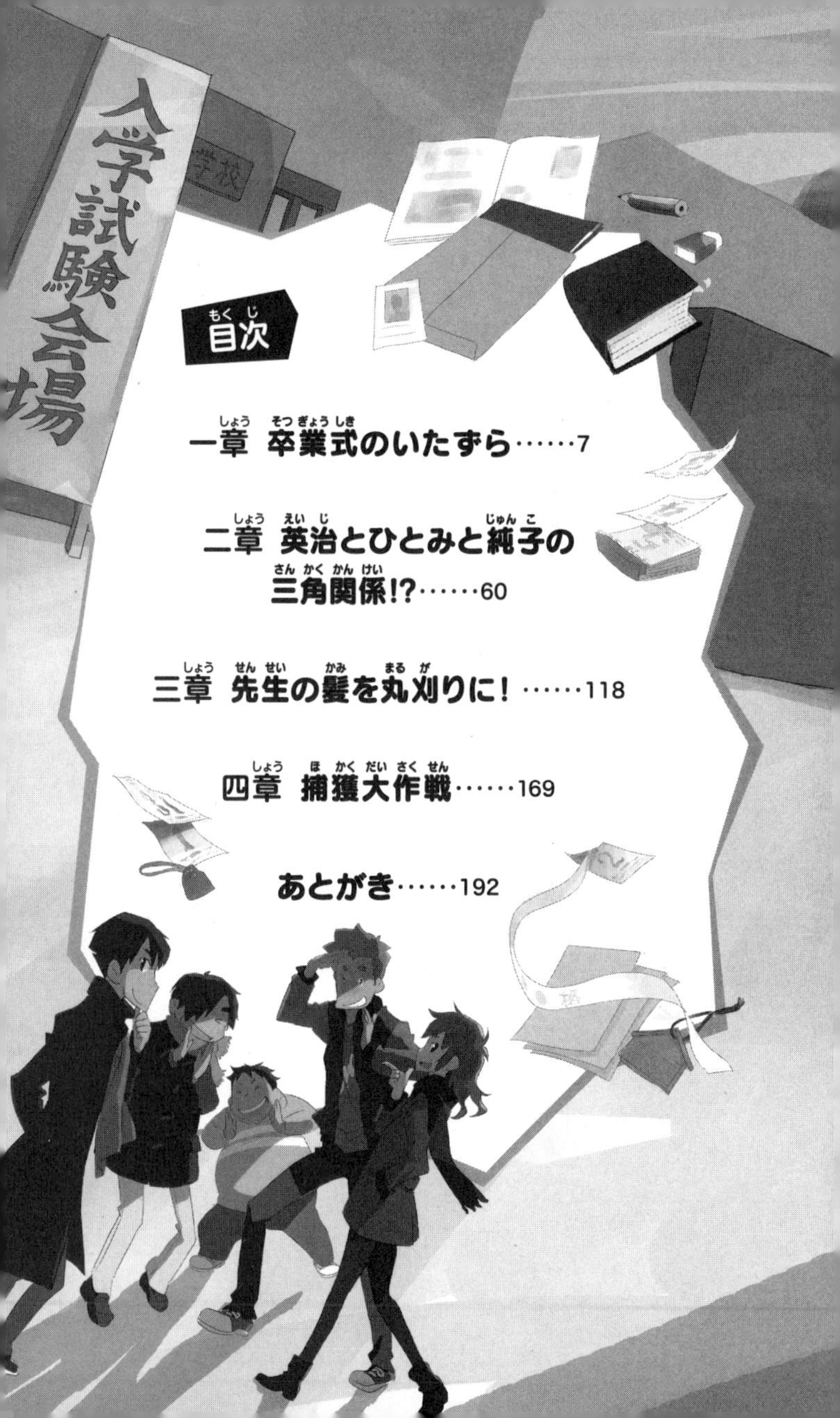

目次《もくじ》

ぼくらの卒業いたずら大作戦

人物紹介《じんぶつしょうかい》

菊地英治《きくちえいじ》
いたずらを
思《おも》いつく天才《てんさい》。
相原《あいはら》 徹《とおる》
英治《えいじ》の親友《しんゆう》。
両親《りょうしん》は塾《じゅく》を
経営《けいえい》。
仲間《なかま》をまとめる
リーダー。
柿沼直樹《かきぬまなおき》
医院《いいん》の息子《むすこ》。キザな性格《せいかく》。
安永《やすなが》 宏《ひろし》
友情《ゆうじょう》に厚《あつ》い、
けんかの達人《たつじん》。
久美子《くみこ》が
好《す》き!?
天野司郎《あまのしろう》
アナウンサー志望《しぼう》。
司会進行《しかいしんこう》と実況《じっきょう》の天才《てんさい》。
中山《なかやま》ひとみ
水泳《すいえい》は中学《ちゅうがく》で
一番《ばん》の美少女《びしょうじょ》。
橋口純子《はしぐちじゅんこ》
中華料理屋《ちゅうかりょうりや》の娘《むすめ》で、
七人兄弟《にんきょうだい》の長女《ちょうじょ》。
堀場久美子《ほりばくみこ》
得意技《とくいわざ》がケリ、
けんかの達人《たつじん》。

谷本《たにもと》 聡《さとる》

数学《すうがく》と
機械《きかい》発明《はつめい》の
天才《てんさい》。

日比野《ひびの》 朗《あきら》

食《た》べるの大好《だいす》き、
料理《りょうり》も得意《とくい》。

中尾和人《なかおかずと》

塾《じゅく》に通《かよ》わず、
抜群《ばつぐん》の秀才《しゅうさい》。

佐竹哲郎《さたけてつろう》

愛犬《あいけん》タローと
ともに、
仲間《なかま》を助《たす》ける。

立石《たていし》 剛《つよし》

花火職人《はなびしょくにん》の
息子《むすこ》。

宇野秀明《うのひであき》

電車《でんしゃ》や路線《ろせん》に
くわしい。

矢場《やば》 勇《いさむ》

テレビレポーター。
ぼくらの捜査《そうさ》に協力《きょうりょく》。

瀬川卓蔵《せがわたくぞう》

永楽荘《えいらくそう》に
住《す》む老人《ろうじん》。
ぼくらの味方《みかた》。

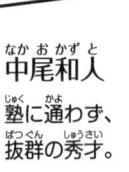

つらいこともありました
楽《たの》しいこともありました
あっという間《ま》に三年《ねん》過《す》ぎて
すてきな仲間《なかま》になりました

一章《しょう》　卒業式《そつぎょうしき》のいたずら

1

中学《ちゅうがく》に入《はい》ってから三度目《どめ》の冬《ふゆ》がやってきた。

十二月《がつ》は暖冬《だんとう》で雪《ゆき》が降《ふ》らず、スキー場《じょう》が困《こま》っているというニュースが報《ほう》じられたが、暖冬《だんとう》は年《とし》が明《あ》けてもつづいて、いっこうに冬《ふゆ》らしくならない。

「地球《ちきゅう》が暖《あたた》かくなる前兆《ぜんちょう》かもよ」

英治《えいじ》は相原《あいはら》と顔《かお》を見合《みあ》わせた。相原《あいはら》がC計画《クリーンけいかく》を言《い》いだしたのは、たしか去年《きょねん》のいまごろだったと思《おも》う。

「あれからずっと環境《かんきょう》のことを考《かんが》えているのか？」

「そうでもないけど……」

相原《あいはら》も、いまは高校受験《こうこうじゅけん》のことで頭《あたま》がいっぱいなのかもしれない。

「あの夢《ゆめ》の島《しま》の戦《たたか》いはおもしろかったな」

英治《えいじ》はそう言《い》いながら、言葉《ことば》だけが浮《う》きあがってしまったことに気《き》づいた。

英治《えいじ》だって、N高《エヌこう》に入《はい》るためにいまは必死《ひっし》になって勉強《べんきょう》している。

小学校《しょうがっこう》のときから、塾《じゅく》や家庭教師《かていきょうし》について勉強《べんきょう》しているやつにくらべると、いまさらやってもむだな気《き》もするが、それでもやらないわけにはいかない。

「相原《あいはら》くーん、菊地《きくち》くーん」

という声《こえ》が道路《どうろ》の反対側《はんたいがわ》からした。ひとみと久美子《くみこ》と純子《じゅんこ》が手《て》をふっている。

こちらも手《て》をふって応《こた》えた。

三人《にん》が行《い》くところはわかっている。英治《えいじ》たちと同《おな》じ河川敷《かせんしき》なのだ。

きょうはそこに、佐織《さおり》が西脇先生《にしわきせんせい》を連《つ》れてくるというので、みんなで集《あつ》まることにしたのだ。

西脇先生《にしわきせんせい》が学校《がっこう》をやめたのは、去年《きょねん》の七月《がつ》だったが、みんなには何《なに》も言《い》わず、突然学校《とつぜんがっこう》に来《こ》なくなった。

結婚《けっこん》したのだというのがみんなのうわさだが、真相《しんそう》はわからない。

堤防《ていぼう》に出《で》てみると、河川敷《かせんしき》には思《おも》ったよりたくさん集《あつ》まっている。

西脇先生《にしわきせんせい》は、やめてもまだみんなに人気《にんき》があるのだ。

暖冬《だんとう》とはいっても、やはり河原《かわら》をわたる風《かぜ》は冷《つめ》たい。

みんな首《くび》をちぢめ、両膝《りょうひざ》をしっかり抱《かか》えて枯草《かれくさ》の上《うえ》に座《すわ》っている。

「これで来《こ》なかったら、おれは怒《おこ》るぜ」

日比野《ひびの》が膝《ひざ》をがくがくさせながら言《い》うと、みんなが笑《わら》った。

「なんでおかしいんだ？」

日比野《ひびの》のけげんそうな顔《かお》を見《み》て、こんどは爆笑《ばくしょう》になった。

「気《き》に入《い》らねえな。理由《りゆう》を説明《せつめい》してくれよ」

そばにいるひとみに言《い》った。

「理由《りゆう》は簡単《かんたん》よ。宇野《うの》くんみたいに、やせっぽちが寒《さむ》いと言《い》うならわかるけど、日比野《ひびの》くんは厚《あつ》いお肉《にく》で身《み》を固《かた》めてるんだから、この中《なか》ではいちばん寒《さむ》くないはずなのよ」

ひとみがそう言《い》ったとたん、また、みんなは笑《わら》いだした。

笑《わら》っていると、寒《さむ》さをまぎらわせられるという効《こう》用《よう》もある。

「センセー」

突然《とつぜん》、純子《じゅんこ》が叫《さけ》んだ。指《ゆび》さすほうを見《み》ると、西脇《にしわき》と佐織《さおり》が堤防《ていぼう》の上《うえ》に立《た》っている。

西脇《にしわき》は、手《て》をふりながら堤防《ていぼう》を駆《か》けおりてくる。

「お腹《なか》に子《こ》どもがいてあんなことして、もし転《ころ》んだらヤバイことになるぜ」

柿沼《かきぬま》は産婦人科《さんふじんか》の息子《むすこ》らしい配慮《はいりょ》を示《しめ》した。

「みんなしばらく、元気《げんき》にやってる？」

西脇《にしわき》は、駆《か》けおりて来《き》たというのに、声《こえ》も乱《みだ》さずに言《い》った。

「元気《げんき》でーす」

西脇《にしわき》といると、まるで幼稚園《ようちえん》にかえってしまったみたいに素直《すなお》になるのはなぜだろう。

「カッキー、どうして私《わたし》のお腹《なか》ばかりじろじろ見《み》てるの？　ウエストが太《ふと》くなったとでもいうの？」

「ちがいます」

柿沼《かきぬま》は、慌《あわ》てて首《くび》をふった。

「カッキーは、先生《せんせい》のお腹《なか》の赤《あか》ちゃんのことを心配《しんぱい》してるんです」

天野《あまの》が言《い》った。

「赤《あか》ちゃん？　私《わたし》、赤《あか》ちゃんなんかいないわよ」

「だって、結婚《けっこん》したんじゃないんですか？」

純子《じゅんこ》が不審《ふしん》そうにきいた。

「結婚《けっこん》？　だれがそんなこと言《い》ったの？」

「もっぱらのうわさです。なあ」

立石《たていし》がみんなのほうを向《む》いて相《あい》づちを求《もと》めた。

「そうでーす」

「私《わたし》は結婚《けっこん》していません。だから、赤《あか》ちゃんはいないわよ」

「やったあ」

みんないっせいに歓声《かんせい》をあげ、拍手《はくしゅ》した。

「あなたたちって、一年《ねん》のときと同《おな》じね」

西脇《にしわき》はあきれたようにみんなの顔《かお》を眺《なが》めている。

「変《か》わりましたよ。あの廃工場《はいこうじょう》はなくなっちゃったし」

相原《あいはら》が指《ゆび》さす対岸《たいがん》には、廃工場《はいこうじょう》のあとに高層《こうそう》マンションが建《た》っている。

「あの時《とき》、解放区《かいほうく》より愛《あい》をこめてって、仕掛《しか》け花火《はなび》を出《だ》してくれたわね。あの感激《かんげき》は一生忘《いっしょうわす》れられない」

西脇《にしわき》は、空《そら》に顔《かお》を向《む》けて目《め》を閉《と》じた。

「あの夏《なつ》は楽《たの》しかった」

相原《あいはら》が言《い》うと、みんな深《ふか》くうなずいた。

「あれからもいろんなことをやったけれど、あの七日間《なのかかん》の戦《たたか》いは忘《わす》れられません」

英治《えいじ》も、あの夏《なつ》のことを思《おも》いだすと、胸《むね》が高鳴《たかな》ってくる。

「先生《せんせい》は、あのときよりもっときれいになりましたね？」

「中山《なかやま》さん、あなたこそきれいになっちゃって。みんなに騒《さわ》がれて困《こま》るでしょう？」

「それが、そうでもないんです」

ひとみは首《くび》をふった。

——あいつ。

ひとみは、英治《えいじ》の気持《きも》ちをわかっているはずなのにとぼけている。

卒業式《そつぎょうしき》までには、きっと言《い》うぞ。

「ひとみ、好《す》きな人《ひと》がいるんです」

純子《じゅんこ》が言《い》うと、西脇《にしわき》は目《め》を輝《かがや》かして、「ほんと？」と言《い》った。

「うそ、うそです。先生《せんせい》」

英治《えいじ》の心臓《しんぞう》が破《やぶ》れそうに鳴《な》りだした。

——ひとみに好《す》きな人《ひと》がいる。

だれなんだ、そいつは？

まさか英治《えいじ》のことを言《い》っているはずはない。すると、相原《あいはら》か、安永《やすなが》か。それとも柿沼《かきぬま》がちゃっかりやっているのか？

これまで、ひとみがだれかを好《す》きになるなんてことは、これっぽっちも想像《そうぞう》したことはなかったが、考《かん》えてみると、彼女《かのじょ》がだれかを好《す》きになることはあっても不思議《ふしぎ》ではない。

というより、あってあたりまえである。

そのことを全然考《ぜんぜんかんが》えなかったのはうかつだった。

もうすぐひとみとは別《わか》れなければならない。それまでに告白《こくはく》しておかないと、ひとみは手《て》の届《とど》かないところに行《い》ってしまいそうな気《き》がする。

「おい」

安永《やすなが》に背中《せなか》をたたかれて、はっとなった。

「そんなに落《お》ちこむなよ。あきらめるのはまだ早《はや》いぜ」

英治《えいじ》の顔《かお》を見《み》てにやっと笑《わら》った。

こいつは、いつでもこうなのだ。この安永《やすなが》とも間《ま》もなく別《わか》れなくてはならないのかと思《おも》うと、胸《むね》

が痛《いた》くなってくる。

「あきらめるもんか」

「じゃあ、いまここで言《い》えよ。おれがそうだって」

「それは言《い》えないよ」

おまえって、勇気《ゆうき》がねえんだなと言《い》うかと思《おも》ったが、安永《やすなが》は何《なに》も言《い》わなかった。

「先生《せんせい》、学校《がっこう》やめてからどこへ行《い》ってたんですか？」

久美子《くみこ》がきいた。

「アメリカに行《い》ってたの」

「アメリカのどこですか？」

「ロサンゼルス。友《とも》だちがいるものだから」

「その友《とも》だち、男《おとこ》ですか女《おんな》ですか？」

「女性《じょせい》よ、もちろん」

「なんだ」

久美子《くみこ》ががっかりした声《こえ》を出《だ》したので、西脇《にしわき》は笑《わら》いだした。

「ロサンゼルスなら、トドは追《お》いかけてこねえよな」

佐竹《さたけ》が言《い》うと、

「トドって、酒井先生《さかいせんせい》のこと？」

と、西脇《にしわき》がきいた。

「そうです。あいつの一人《ひとり》プロレスは抜群《ばつぐん》だったな。もう二度《にど》とお目《め》にかかれないかと思《おも》うとさびしいぜ」

天野《あまの》が言《い》うと佐竹《さたけ》が、

「あのときのおまえの実況放送《じっきょうほうそう》もよかったぜ。おれは天才《てんさい》だと思《おも》ったぜ」

「佐竹《さたけ》、そこまで言《い》うとうそになる」

またみんなが笑《わら》った。

「ちょっと、あなたたちにききたいんだけど」

西脇《にしわき》が急《きゅう》に言《い》いだしたので、笑《わら》いが中断《ちゅうだん》した。

「あなたたち、卒業式《そつぎょうしき》に何《なに》かやるつもり？」

「だれがそんなこと言《い》ったんですか？」

相原《あいはら》がきいた。

「下級生《かきゅうせい》たちがみんなうわさしてるわよ」

「それはデマです。ぼくらは何《なに》もやりませんよ」

「そう、それならいいけど……」

西脇《にしわき》はふくみのある言《い》い方《かた》をした。

「なんですか?」

「先生《せんせい》たちも、あなたたちが卒業式《そつぎょうしき》に何《なに》かやるんじゃないかと考《かんが》えてるらしいわよ」

「おれたちなら、やってもおかしくねえもんな。そう考《かんが》えるのがあたりまえだ」

谷本《たにもと》がぼそっと言《い》った。

「そんなに期待《きたい》されてるんなら、もう一度《いちど》やってみるか」

柿沼《かきぬま》が腕《うで》をさすった。

「だめ、そんなことしたら高校入学《こうこうにゅうがく》を取《と》り消《け》されるわよ」

西脇《にしわき》が柿沼《かきぬま》をにらむと、

「それはヤバイ」

と、首《くび》をすくめた。

「卒業式《そつぎょうしき》には何《なに》もやりません。なあ」

相原《あいはら》が、みんなに向《む》かって言《い》うと、

「やらないよ」

みんな口《くち》をそろえた。

「よかった。それで安心《あんしん》した」

西脇《にしわき》は胸《むね》をなでた。

「でも、それではちょっとさびしいと思《おも》いませんか?」

久美子《くみこ》は言《い》わなくてもいいことを言《い》う。

「そうね。でも、そんなことはないわ」

西脇《にしわき》ははじめ肯定《こうてい》したが、そのあと慌《あわ》てて否定《ひてい》した。

英治《えいじ》は、西脇《にしわき》から目《め》をそらして川面《かわも》を眺《なが》めた。

もしきかれたら、なんと答《こた》えていいか困《こま》るからである。

西脇《にしわき》だけには、うそをつきたくなかった。といってほんとうのことも言《い》えないし……。

できれば、この場《ば》から逃《に》げだしたい気持《きも》ちだった。

2

風《かぜ》は冷《つめ》たかったが、その日《ひ》、河川敷《かせんしき》で西脇《にしわき》に会《あ》えたことで、みんなの心《こころ》は温《あたた》かくなっていた。

しかし、その楽《たの》しみも束《つか》の間《ま》のことで、だれの肩《かた》にも、もうすぐ直面《ちょくめん》しなければならない高校受験《こうこうじゅけん》が、重《おも》くのしかかっていた。

「バイバイ」

宴《うたげ》のあとの別《わか》れはさびしい。みんな集《あつ》まって来《き》たときとは別人《べつじん》のように、元気《げんき》も失《う》せて散《ち》っていった。

「しょうがねえか」

英治《えいじ》は、みんなのうしろ姿《すがた》を見送《みおく》りながらつぶやいた。

相原《あいはら》は何《なに》も言《い》わない。

「だけど、一年《ねん》のときのあの元気《げんき》はどこに行《い》っちまったんだ？」

「そうだな」

相原《あいはら》は、すっかり口数《くちかず》が少《すく》なくなってしまった。

「このまま卒業《そつぎょう》したんじゃ、おれたちは何《なん》だったんだってことになるぜ」

「わかってる」

「考《かんが》えてるのか？」

「あたりまえだろう」

「そうだと思《おも》った」

やっぱり相原《あいはら》だ。英治《えいじ》は久《ひさ》しぶりに元気《げんき》が湧《わ》いてきた。

「それより、おまえN高《エヌこう》だいじょうぶか？」

「去年《きょねん》は五分五分《ごぶごぶ》だったが、ようやく六分《ぶ》四分《ぶ》になった」

「そうか、じゃあ高校《こうこう》もなんとか一緒《いっしょ》に行《い》けそうだな」

相原《あいはら》の声《こえ》が明《あか》るくなった。

「うん」

返事《へんじ》はしたものの、じつのところまだ自信《じしん》はない。

「高校《こうこう》に入《はい》ったら、またでかいことやろうぜ」

「おまえって、いまからそんなこと考《かんが》えてんのか？」

「そうさ。それには、おまえがいてくれなくちゃ話《はなし》にならん」

相原《あいはら》にそこまで思《おも》われているとなると、どうしてもN高《エヌこう》に入《はい》りたいと思《おも》う。

そのために、この冬休《ふゆやす》みから相原《あいはら》の塾《じゅく》で特訓《とっくん》しているのだ。

二人一緒《ふたりいっしょ》にやっているのだが、相原《あいはら》の父親《ちちおや》は、英治《えいじ》と相原《あいはら》との距離《きょり》がかなり縮《ちぢ》んだと言《い》ってくれた。

それはお世辞《せじ》ではなく、ほんとうのことだと信《しん》じよう。

相原《あいはら》の家《いえ》に着《つ》いて、これから勉強《べんきょう》をはじめようとすると、二年《ねん》の木俣研一《きまたけんいち》と滝川《たきがわ》ルミがやってきた。

「先輩《せんぱい》、せっかくの勉強《べんきょう》ちゅうのところすみません、ちょっと話聞《はなしき》いてもらっていいですか？」

「ああ、いいよ」

こう言《い》われて、とても断《ことわ》れないのが英治《えいじ》である。

「用事《ようじ》は何《なん》だ？」

相原《あいはら》がきいた。

「こんどの卒業式《そつぎょうしき》、先輩《せんぱい》たちが何《なに》かやるっていううわさがあるんですが、ほんとうですか？」

木俣《きまた》は、二人《ふたり》の顔《かお》を等分《とうぶん》に見《み》て言《い》った。

「卒業式《そつぎょうしき》は何《なに》もやらない。うわさはうそだ」

「ほんとうですか？」

ルミが疑《うたが》わしい目《め》を相原《あいはら》に向《む》けた。

「ほんとうだ。おれがきみにうそをついたことあるか？」

「ありません」

「じゃあ、おれの言《い》うこと信《しん》じろ」

「はい。だけどがっかり」

ルミは急《きゅう》に気落《きお》ちした声《こえ》になった。

「どうしてだ？」

「先輩《せんぱい》たちのことだから、卒業式《そつぎょうしき》にはきっと何《なに》かやってくれると期待《きたい》してたんです」

木俣《きまた》の表情《ひょうじょう》にも、落胆《らくたん》の色《いろ》が隠《かく》せない。

「そんなヤバイこと、やるわけないだろう」

英治《えいじ》が言《い》った。

「ヤバイことは、いままで何度《なんど》もやってきたじゃないですか？　なんで最後《さいご》に、ぱっとやらないんですか？」

「おまえ、ひとごとだと思《おも》って挑発《ちょうはつ》するなよな。そんなことしたら、おれたちは高校《こうこう》に行《い》けなくなっちまう。それでもいいのか？」

「それはよくないけど、先輩《せんぱい》たちのことだから、抜《ぬ》け道《みち》を見《み》つけるだろうと思《おも》ったんです」

「抜《ぬ》け道《みち》なんてないよ。そのうわさ、かなり広《ひろ》まっているのか？」

「ええ、知《し》らない人《ひと》はいません」

「じゃあ、先生《せんせい》も知《し》ってるな？」

「もちろん、知《し》ってます。杉浦《すぎうら》がぼくにききました」

「杉浦《すぎうら》か。あいつ、おまえんちで親知《おやし》らず抜《ぬ》いたよな」

「はい、あれからすっかりうちが気《き》に入《い》って、歯《は》がわるいときは必《かなら》ず来《き》ます。だけどあいつ、三十代《だい》のくせに五十代《だい》の歯《は》してるって、おやじが言《い》ってました。あっ、これは職業上《しょくぎょうじょう》の秘密《ひみつ》だった」

木俣《きまた》は慌《あわ》てて、手《て》で口《くち》を押《お》さえた。

「杉浦《すぎうら》には、いろんなことやったな。頭《あたま》に霊《れい》が取《と》りついたなんて言《い》って、いたずらした」

英治《えいじ》が言《い》うと相原《あいはら》が、

「杉浦《すぎうら》を段《だん》ボール箱《ばこ》に入《い》れて、お灸《きゅう》すえたよな」

木俣《きまた》が吹《ふ》きだした。つづいて三人《にん》が笑《わら》いだしたが、息《いき》が苦《くる》しくなっても笑《わら》いが止《と》まらなくなってしまった。

「だけどさあ、杉浦《すぎうら》って、こてんぱんにやっつけたせいか、親近感《しんきんかん》持《も》つよな」

「そうなんです、相原先輩《あいはらせんぱい》。杉浦《すぎうら》ってそれほどワルじゃないです」

と、木俣《きまた》が言《い》った。

「おれたちのほうが、よっぽどワルかな」

「そうかもな」

「先輩《せんぱい》たちがいなくなっちゃうと、こういうことを考《かんが》えだせる者《もの》がいないんで、学校《がっこう》はさびれちゃうと思《おも》うんです」

「先生《せんせい》は、出《で》てくれてやれやれと思《おも》ってるぜ」

「それはそうだけど、それじゃぼくらは灰色《はいいろ》です」

「おまえたちもやれば？」

「それができるくらいなら苦労《くろう》しません。先輩《せんぱい》たちは特別《とくべつ》なんですよ」

木俣《きまた》の言《い》うとおり、おれたちは特別《とくべつ》なのかもしれないと英治《えいじ》は思《おも》った。

「先輩《せんぱい》、うちのお父《とう》さん、来月帰《らいげつかえ》ってきます」

ルミが遠慮《えんりょ》がちに言《い》った。

「ほんとか？　よかったなあ」

相原《あいはら》は、はずんだ声《こえ》で言《い》って、ルミの肩《かた》を両手《りょうて》でつかんだ。相原《あいはら》がこういうことをするのは、めったにないことだ。

ルミを妹《いもうと》みたいに思《おも》っているのかもしれない。

「仮釈放《かりしゃくほう》ですけど、みなさんのおかげだって父《ちち》は言《い》ってます」

ルミは、まぶしそうに相原《あいはら》を見上《みあ》げている。

「とんでもない。お父《とう》さんがまじめにやったからだよ」

「出《で》てきたら、永楽荘《えいらくそう》に入《はい》るのか？」

英治《えいじ》もほっとした。

「はい、瀬川《せがわ》さんがそう言《い》ってくださるので」

「これからお父《とう》さんと一緒《いっしょ》に暮《く》らせていいな」

「はい」

相原《あいはら》が言《い》うと、ルミは、うっすらと目《め》に涙《なみだ》をにじませた。

「そういえば、このところ瀬川《せがわ》さんに会《あ》ってないが元気《げんき》か？」

「元気《げんき》です。みなさんが無事《ぶじ》に高校《こうこう》に入《はい》れることだけが心配《しんぱい》だって」

「そんなことはいいから、自分《じぶん》の健康《けんこう》を心配《しんぱい》しろって言《い》ってくれよ」

「はい、そう言《い》います。それから中山先輩《なかやませんぱい》、聖《せい》フランチェスコ学園《がくえん》に行《い》くこと知《し》ってますか？」

「知《し》らない」

それは英治《えいじ》にとっても初耳《はつみみ》だった。

「あそこはカトリック系《けい》の女子高《じょしこう》だろう?」

相原《あいはら》がきいた。

「中高一貫《ちゅうこういっかん》で、規則《きそく》がすごくうるさいんだそうです」

「ひとみが、どうしてそんなところへ行《い》く気《き》になったのかな?」

英治《えいじ》には、信《しん》じられないことだ。それに、行《い》くなら行《い》くと、ひとことくらい相談《そうだん》があってもいいではないか。

それとも、英治《えいじ》のことなんてぜんぜん頭《あたま》にないのか。

「高校生《こうこうせい》になっても、ときどきぼくらに顔《かお》を見《み》せてくださいよ」

木俣《きまた》が言《い》ったが、英治《えいじ》の頭《あたま》はそれどころではなくなった。

3

家《いえ》に帰《かえ》ると、さっそくひとみに電話《でんわ》してみた。

「もしもし、ひとみ?」

「菊地《きくち》くん?」

「そうだよ」

「めずらしいわね、電話《でんわ》くれるなんて」

ひとみの声《こえ》は、いつもと変《か》わらず明《あか》るい。

「おれちょっと聞《き》いたんだけど、聖《せい》フランチェスコ学園《がくえん》に行《い》くってほんとうか？」

「早《はや》いわね。ほんとよ」

「行《い》くなら行《い》くって、おれにひとことくらい言《い》ってくれてもよかったのに」

「怒《おこ》ってるの？」

「怒《おこ》ってるわけじゃないけど……」

「すねてるの？」

「ちょっと、さびしいと思《おも》っただけ」

「ごめん。菊地《きくち》くんに言《い》ったら、きっと反対《はんたい》するだろうと思《おも》ったから黙《だま》ってたの。でも、いつかは言《い》おうと思《おも》ってたわ」

ひとみの言葉《ことば》は、氷《こおり》のように硬《かた》くなりかけていた英治《えいじ》の心《こころ》を、春《はる》の水《みず》みたいな温《あたた》かさでとかして

いく。

「ひとみの成績《せいせき》なら、わざわざそんな学校《がっこう》に行《い》くことないと思《おも》うけどな」

「ほんとは、わたしも菊地《きくち》くんたちの行《い》くN高《エヌこう》に行《い》きたかったのよ。だけど、ママがどうしても許《ゆる》してくれなかった」

「おれたちとつき合《あ》わせたくないからか？」

「そうじゃないの。わたしはどうしても〝玉《たま》すだれ〟をつがなくちゃならないでしょう。そのためには、きちんとしつけをしてくれる高校《こうこう》に入《い》れたいんだって」

「そんなの親《おや》の勝手《かって》だろう。いやだって言《い》えばいいのに」

英治《えいじ》はむかついてきた。

「たしかにそうだけど、でも、そうするとママがかわいそうだし」

ひとみは一見派手《いっけんはで》に見《み》えるけれど、こういうところがあるのだ。そのことに気《き》づかなかったのはうかつだった。

「人《ひと》のことばかり考《かんが》えて、自分《じぶん》のやりたいことをやらなかったら、後《あと》で後悔《こうかい》するんじゃないかな？」

「菊地《きくち》くんだったら、自分《じぶん》のことだけ考《かんが》えて行動《こうどう》する？　もしそうしたら絶対後悔《ぜったいこうかい》しないと思《おも》う？」

そういうふうに突《つ》っこまれると返事《へんじ》が難《むずか》しい。

「そりゃ、自分勝手《じぶんかって》がいいとは思《おも》わないけど……」

「やっぱりそうでしょう？」

ひとみになんとなく言《い》いくるめられた気《き》がして、英治《えいじ》は胸《むね》のもやもやがはれない。

「その学校《がっこう》、修道院《しゅうどういん》みたいに、男《おとこ》とつき合《あ》ったら、退学《たいがく》なんて言《い》うんじゃないのか？」

「まさか。そうは言《い》わないけど、毎朝《まいあさ》お祈《いの》りするとか、かなり規則《きそく》はきびしいらしいわ。でも、菊地《きくち》くんたちと会《あ》うことは自由《じゆう》だから、それはだいじょうぶよ」

「それを聞《き》いて安心《あんしん》したぜ。そこの学校《がっこう》、校長《こうちょう》はどんなやつだ？」

英治《えいじ》は急《きゅう》に気分《きぶん》が明《あか》るくなった。

「校長先生《こうちょうせんせい》はマザーって呼《よ》ぶの」

「マザーって言《い》ったら、女《おんな》？」

「あたりまえじゃない。五十過《す》ぎだけど独身《どくしん》」

「それを聞《き》いただけで、いじわるばあさんを想像《そうぞう》するぜ」

「いじわるじゃないわよ。神《かみ》さまと結婚《けっこん》してるんだから」

「神《かみ》さまと結婚《けっこん》？　そんなペテン師《し》みたいなこと言《い》わないでくれよ」

「ペテン師《し》!?　ひどい」

ひどいと言《い》いながら、ひとみは笑《わら》いだした。

こうなると、会話《かいわ》は笑《わら》いのほうへ行《い》ってしまう。

いつもこうなのだ。最初《さいしょ》にひとみが好《す》きだと言《い》わなかったのが誤《あやま》りだったのだが、どうしてもそのひとことが言《い》えない。

しかし、ひとみがその学校《がっこう》に行《い》く前《まえ》には、絶対《ぜったい》言《い》わなくてはならない。もう時間《じかん》がないのだ。

英治《えいじ》は、きょうはだめだったが、この次《つぎ》はと心《こころ》に誓《ちか》った。

「これから勉強《べんきょう》？」

「うん」

「がんばってね。絶対合格《ぜったいごうかく》してよ」

「まあ、まかしてくれよ」

楽天家《らくてんか》の英治《えいじ》は、こういうとき、ついその気《き》になってしまう。

「じゃあ、勉強《べんきょう》の邪魔《じゃま》するとわるいから、これでバイバイ」

まだしゃべりたいことが山《やま》ほどあるのに、ひとみは勝手《かって》に電話《でんわ》を切《き》ってしまった。

ひとみは、英治《えいじ》のことを本気《ほんき》で考《かんが》えて電話《でんわ》を切《き》ったのか。それとも、話《はな》すのがいやになったから切《き》ったのか。

英治《えいじ》にはどちらともわからない。それで悩《なや》むことになる。

これでは勉強《べんきょう》に身《み》が入《はい》るわけないだろう。

こうなったらしかたがないので、だれかに電話《でんわ》することにした。

相手《あいて》はだれでもいいのだ。適当《てきとう》に連絡先《れんらくさき》を探《さが》して電話《でんわ》すると、柿沼《かきぬま》が出《で》た。

「カッキー、やってるか?」

「菊地《きくち》か。おれんところに電話《でんわ》してくるところをみると、おまえ気《き》が入《はい》ってねえな?」

「お見通《みとお》し。さすがはカッキーだぜ」

「それくらいわからなくて、医者《いしゃ》になれるかっていうんだ」

「おまえやけに威勢《いせい》がいいけど、ヤケクソになってるのとちがうか?」

「菊地《きくち》もいいところを突《つ》いてくる。お察《さっ》しのとおりだ。おまえN高《エヌこう》は大丈夫《だいじょうぶ》なのか?」

「六、四というところかな。おれに賭《か》けるなら、合格《ごうかく》のほうがいいぜ」

いまクラスの中《なか》で、ひそかに合格《ごうかく》くじがはやっている。

みんなそれぞれ、賭《か》けたものが何倍《なんばい》になるか倍率《ばいりつ》がちがう。たとえば中尾《なかお》なんか、合格《ごうかく》の倍率《ばいりつ》は一倍《ばい》だが、不合格《ふごうかく》のほうは五十倍《ばい》にもなる。

しかし、中尾《なかお》の不合格《ふごうかく》に賭《か》ける者《もの》は一人《ひとり》もいない。

おもしろいのは英治《えいじ》みたいな生徒《せいと》で、まだ合格《ごうかく》の倍率《ばいりつ》のほうが低《ひく》い。

これは、N高《エヌこう》には多分落第《たぶんらくだい》するだろうと思《おも》っている者《もの》が多《おお》いという証拠《しょうこ》だ。

「おまえの賭《か》け率《りつ》は、いま三対《たい》七だ」

「じゃあ合格《ごうかく》に賭《か》けろ。おれが言《い》うんだからまちがいない。こいつはいいネタだぜ」

「わかった、わかった。みんなによく言《い》っておく。しかし、おまえはそんなに明《あか》るくて幸《しあわ》せ者《もの》だぜ」

「カッキーはどうだ？」

「おれなんて、お先真《さきま》っ暗《くら》さ」

急《きゅう》に暗《くら》い声《こえ》になった。

「だけど、医者《いしゃ》はまだあきらめてないんだろう？」

「あきらめてねえよ」

「おまえこそ、超《ちょう》の字《じ》のつく楽天家《らくてんか》だぜ」

「よく言《い》ってくれるぜ。おれがすかっとしないのはわけがあるんだ」

「なんだよ、失恋《しつれん》か？」

「恋愛《れんあい》ごっこはもうあきた」

「こいつ」

このきざなところが柿沼《かきぬま》の取《と》り柄《え》だ。

「おまえ、ひとみに言《い》ったのか？」

柿沼《かきぬま》に言《い》われて、ぎくっとした。

「まだだ」

「もう時間《じかん》がないぞ」

「そんなことわかってる」

「言《い》えないのか？」

「話《はな》してると、つい笑《わら》いのほうに行《い》っちゃうんだ」

「それは、おまえが照《て》れてるからさ」

「そうかな」

「おれが、代《か》わりに言《い》ってやろうか」

英治《えいじ》は焦《あせ》った。

「それはやめてくれ。そんなことされたら、おれは一生笑《いっしょうわら》いものだ」

「じゃあ、がんばってくれ」

柿沼《かきぬま》は、ひとのことだと思《おも》って無責任《むせきにん》な言《い》い方《かた》をする。

「ひとみ、聖《せい》フランチェスコ学園《がくえん》に行《い》くんだって」

「知《し》ってるよ、そんなこと」

「ほんとか？　だれに聞《き》いた？」

「ひとみに聞《き》いたよ」

「ひとみに？」

ひとみは、なぜ英治《えいじ》には言《い》わなくて柿沼《かきぬま》には話《はな》したのだ。

「気《き》に入《い》らねえ声《こえ》だな」

「でもないけど……」

「かくしてもだめだ。おれにはお見通《みとお》しだ。ひとみがおれに話《はな》したわけが知《し》りたいか？」

「知《し》りたい」

と言《い》ったものの、英治《えいじ》は急《きゅう》に次《つぎ》の言葉《ことば》を聞《き》くのが空恐《そらおそ》ろしくなってきた。

「それはだな」

そのまま電話《でんわ》を切《き》りたい。

「おれがいいかげんだからさ」

「いいかげん？」

英治《えいじ》はききかえした。

「そうだよ、こういうことって、いいかげんなやつには話《はな》せるんだ」

——なんだ、そういうことか。

英治《えいじ》は、ひとみの微妙《びみょう》な心理《しんり》の動《うご》きにはついていけず、いつも、ふりまわされているばかりだった。

しかし、それが、つらくもあり、楽《たの》しくもあった。

4

職員会議《しょくいんかいぎ》は、いつもよりやや緊張《きんちょう》した雰囲気《ふんいき》で行《おこな》われた。

「では、最近《さいきん》うわさになっている卒業式《そつぎょうしき》の不穏《ふおん》な動《うご》きについて、担任《たんにん》の南原先生《なんばらせんせい》から報告《ほうこく》していただきましょう」

教頭《きょうとう》の谷沢《やざわ》が三白眼《さんぱくがん》を南原《なんばら》に向《む》けた。谷沢《やざわ》はやせて、ほお骨《ぼね》が出《で》ていて顔色《かおいろ》がわるい。まるで骸骨《がいこつ》に皮《かわ》をかぶせたみたいなので、生徒《せいと》たちは谷沢《やざわ》を〝ガイコツ〟と呼《よ》んでいる。

「私《わたし》も、あの連中《れんちゅう》には何度《なんど》も煮《に》え湯《ゆ》を飲《の》まされました」

南原《なんばら》は神妙《しんみょう》な声《こえ》で答《こた》えた。すると、国語《こくご》の花井《はない》が、

「そうでしたわ。サマースクールと称《しょう》して、私《わたし》たちをいいようにからかいました。あのことを思《おも》いだすと、体《からだ》がかっとなって血圧《けつあつ》が上《あ》がります」

――それは年齢《ねんれい》による更年期症状《こうねんきしょうじょう》ですよ。

南原《なんばら》は、そう言《い》いたいところだが、言《い》ったらたいへんなことになると思《おも》って黙《だま》っていた。

「私《わたし》もひどい目《め》にあいましたよ」

杉浦《すぎうら》が言《い》うと鬼丸《おにまる》も、

「はずかしながら私《わたし》もです」

と、顔《かお》をゆがめた。

「みなさん、あの連中《れんちゅう》には腹立《はらだ》たしい思《おも》い出《で》はおありのことと思《おも》いますが、それはまずおいておいて、

最近《さいきん》の彼《かれ》らの動《うご》きについてご報告《ほうこく》ねがいます」

谷沢《やざわ》は議事《ぎじ》の進行《しんこう》をうながした。

「彼《かれ》らもやはり高校《こうこう》へ入学《にゅうがく》したいので、最近《さいきん》はいたずらどころではないというのが現状《げんじょう》です」

南原《なんばら》が、あたりさわりのないことを言《い》うと、

「現状《げんじょう》はそうでしょう。問題《もんだい》は卒業式《そつぎょうしき》です。生徒《せいと》の間《あいだ》では、彼《かれ》らは卒業式《そつぎょうしき》をめちゃめちゃにするというわさが流《なが》れています」

谷沢《やざわ》は皮肉《ひにく》をこめて言《い》った。

「ほんとうですか？」

校長《こうちょう》の丸井《まるい》が顔《かお》をくもらせた。といっても、バレーボールみたいに丸《まる》い顔《かお》なので、それほど深刻《しんこく》な表情《ひょうじょう》にならない。

ただし、その人《ひと》の良《よ》さそうな表情《ひょうじょう》にだまされると、とんでもないことになる。根《ね》はかなり陰険《いんけん》なのだからたちが悪《わる》い。

「そのことについて、下級生《かきゅうせい》に探《さぐ》らせましたが、連中《れんちゅう》は否定《ひてい》しているそうです」

社会科《しゃかいか》の中村《なかむら》が言《い》った。中村《なかむら》は教師《きょうし》になって、体制《たいせい》べったりで、要領《ようりょう》がいい。

これが最近《さいきん》の教師《きょうし》かと思《おも》うと、不愉快《ふゆかい》を通《とお》りこして、うすら寒《さむ》くなる。

「その否定《ひてい》がくせものですよ」

生活指導主任《せいかつしどうしゅにん》の小島《こじま》が言《い》った。小島《こじま》は体育《たいいく》の教師《きょうし》で、辞《や》めた酒井《さかい》のあとに入《はい》ってきたのだが、やはり生徒《せいと》に暴力《ぼうりょく》をふるっているらしい。

「そうです。あの連中《れんちゅう》が本心《ほんしん》を下級生《かきゅうせい》に明《あ》かすわけがありません」

「中村先生《なかむらせんせい》、証拠《しょうこ》はあるんですか？」

南原《なんばら》がきくと、待《ま》っていたとばかりに、

「きのうの放課後《ほうかご》、彼《かれ》らは河川敷《かせんしき》に集《あつ》まりました」

「ほう」

谷沢《やざわ》の目《め》が光《ひか》った。

「学校《がっこう》をやめた西脇先生《にしわきせんせい》を囲《かこ》んで集会《しゅうかい》を開《ひら》いたらしいんです」

「河川敷《かせんしき》で何《なに》が話《はな》しあわれたのですか？」

谷沢《やざわ》がきいた。

「西脇先生《にしわきせんせい》は、卒業式《そつぎょうしき》に何《なに》かやるのではないかと、さかんに誘導尋問《ゆうどうじんもん》を試《こころ》みたらしいですが、彼《かれ》らはしっぽを出《だ》さなかったようです」

「私《わたし》はやらないほうに賭《か》けますね」

森嶋《もりしま》が言《い》うと、花井《はない》がすかさず、

「私《わたし》はやるほうに賭《か》けます。鬼丸先生《おにまるせんせい》は？」

「私《わたし》の意見《いけん》は言《い》わずともみなさんご承知《しょうち》でしょう。やつらは絶対《ぜったい》やります。私《わたし》はそれに髪《かみ》の毛《け》を賭《か》けてもいい」

鬼丸《おにまる》は胸《むね》をそらして言《い》った。

「髪《かみ》の毛《け》というと、賭《か》けに負《ま》けたら丸刈《まるが》りになるということですか?」

数学《すうがく》の松岡《まつおか》が校長《こうちょう》の頭《あたま》に視線《しせん》を向《む》けた。

「何《なに》をじろじろ見《み》ているんですか?」

校長《こうちょう》の頭《あたま》が、とたんに光《ひか》って見《み》えた。

「いえ、べつに」

とたんに、南原《なんばら》は吹《ふ》きだしてしまった。

「南原先生《なんばらせんせい》、不謹慎《ふきんしん》ですぞ」

鬼丸《おにまる》にとがめられて、南原《なんばら》は首《くび》をすくめた。

「ではみなさん、あの連中《れんちゅう》が卒業式《そつぎょうしき》に何《なに》かやると思《おも》われる方《かた》は手《て》をあげてください」

教務主任《きょうむしゅにん》の長井《ながい》が言《い》うと、鬼丸《おにまる》と花井《はない》が真《ま》っ先《さき》

にあげ、それにつぎつぎとつづいた。

「三分《ぶん》の二の先生《せんせい》が手《て》をあげられました。では、行《おこな》われるものと仮定《かてい》して、それを予防《よぼう》する方法《ほうほう》を考《かんが》えましょう」

谷沢《やざわ》は満足《まんぞく》したように、教師《きょうし》たちの顔《かお》を見《み》まわした。

花井《はない》が手《て》をあげた。

「彼《かれ》らを牽制《けんせい》する手《て》はございます」

みんなの目《め》が花井《はない》に集中《しゅうちゅう》した。

「いま彼《かれ》らは受験《じゅけん》をひかえております。内申書《ないしんしょ》をちらつかせれば、彼《かれ》らは承服《しょうふく》すると思《おも》います」

「たしかにおっしゃるとおりです。では、踏《ふ》み絵《え》をさせたらどうでしょうか？」

「踏《ふ》み絵《え》というと、内申書《ないしんしょ》に誓《ちか》わせるんですか？」

小島《こじま》がきいた。

「そうです」

「それはナンセンスだ。そうすれば、だれだってやりませんと言《い》うに決《き》まっています。それより、こういう方法《ほうほう》はできませんか？　教頭先生《きょうとうせんせい》」

「なんでしょうか？」

谷沢《やざわ》は、汗《あせ》の浮《う》いた小島《こじま》の額《ひたい》を見《み》つめた。

「もし卒業式《そつぎょうしき》に騒《さわ》ぎを起《お》こしたら、高校《こうこう》へ通報《つうほう》して入学《にゅうがく》を取《と》り消《け》させるということは……」

「それは可能《かのう》です」

谷沢《やざわ》がうなずくと丸井《まるい》が、

「しかし、実際《じっさい》にそれをやったら、来年《らいねん》うちの生徒《せいと》を引《ひ》き受《う》ける高校《こうこう》はなくなるな」

とつぶやいた。

「これは伝家《でんか》の宝刀《ほうとう》ですから、見《み》せるだけで効果《こうか》があります」

「それはけっこうですが、職員会議《しょくいんかいぎ》の内容《ないよう》があの連中《れんちゅう》にもれているようですから、それが心配《しんぱい》です」

長井《ながい》がふくみのある発言《はつげん》をした。

「それは先生《せんせい》、重大《じゅうだい》な発言《はつげん》ですよ」

谷沢《やざわ》が念《ねん》を押《お》した。

「わかっています。スパイがいるのではないかとおっしゃりたいのでしょう?」

長井《ながい》は、谷沢《やざわ》の顔《かお》から目《め》をそらして言《い》った。

「そのとおり」

「私《わたし》はいると確信《かくしん》しております」

職員室《しょくいんしつ》の中《なか》が騒然《そうぜん》となった。

「長井先生《ながいせんせい》、いまの発言《はつげん》は撤回《てっかい》してください」

前田《まえだ》が立《た》ちあがった。その袖口《そでぐち》を森嶋《もりしま》が引《ひ》っぱって、

「落《お》ちつくんだ」

と言《い》って、椅子《いす》に座《すわ》らせた。

「私《わたし》は撤回《てっかい》しません。でなきゃ、やつらがどうしてわれわれの動《うご》きを察知《さっち》して行動《こうどう》できるんですか？ 最近《さいきん》、生徒《せいと》に気《き》に入《い》られようと、ご機嫌《きげん》うかがいをする人《ひと》がいるようですが、これは教師《きょうし》の風上《かざかみ》にも置《お》けません」

「長井先生《ながいせんせい》、もうちょっと冷静《れいせい》に」

谷沢《やざわ》が長井《ながい》の肩《かた》をたたいた。

「冷静《れいせい》になんかなれません。連中《れんちゅう》はまだ未熟《みじゅく》です。善《ぜん》と悪《あく》との区別《くべつ》もできません。こういう連中《れんちゅう》をきびしくきたえてこそ、立派《りっぱ》な社会人《しゃかいじん》になるのです。ところが、教師《きょうし》でありながらそいつらに加担《かたん》し、反社会的行為《はんしゃかいてきこうい》を助長《じょちょう》するなど、これはまさに犯罪行為《はんざいこうい》です」

「長井先生《ながいせんせい》、あまり興奮《こうふん》なさるとお体《からだ》に悪《わる》いんじゃございません」

松岡《まつおか》がやわらかい口調《くちょう》でたしなめた。

「松岡先生《まつおかせんせい》、あなたもやつらのシンパだ」

長井《ながい》は、腕《うで》を伸《の》ばして松岡《まつおか》を指《ゆび》さした。

「私《わたし》は子《こ》どもたちが好《す》きですけれど、数学者《すうがくしゃ》ですから客観的《きゃっかんてき》に見《み》ているつもりです。格別《かくべつ》に彼《かれ》らのシン

パでも、彼《かれ》らの側《がわ》に立《た》ってもいません」

ぴしゃりと言《い》った。

「とにかく、卒業式《そつぎょうしき》まで七十日《にち》ほどある。それまで、こちらも十分態勢《じゅうぶんたいせい》を整《ととの》えて、平穏無事《へいおんぶじ》に卒業《そつぎょう》してもらうことにしましょう」

校長《こうちょう》のしめくくりで職員会議《しょくいんかいぎ》は終《お》わったが、教師《きょうし》たちの表情《ひょうじょう》は複雑《ふくざつ》だった。

5

「息子《むすこ》さんのことでお話《はなし》がしたいから、午後《ごご》五時《じ》に学校《がっこう》にいらしていただけませんか。ただし、このことは息子《むすこ》さんには内密《ないみつ》にねがいます」

宇野秀明《うのひであき》の母親《ははおや》千佳子《ちかこ》は、教頭《きょうとう》からの突然《とつぜん》の電話《でんわ》にドキドキしていた。

この時期《じき》に話《はなし》があるとすれば、高校受験《こうこうじゅけん》のことにちがいない。

秀明《ひであき》は私立《しりつ》のM高《エムこう》を志望《しぼう》しているのだが、このままでは点数《てんすう》が足《た》りないので、T高《ティーこう》かF高《エフこう》にしろと担《たん》任《にん》の南原《なんばら》から言《い》われている。

秀明《ひであき》は、T《ティー》でもF《エフ》でもいいと言《い》っているのだが、千佳子《ちかこ》は何《なに》がなんでもM高《エムこう》に入《い》れたかった。

M高《エムこう》に入《はい》れば、なんとか世間《せけん》への顔向《かおむ》けができるが、T《ティー》やF《エフ》ではこれから小《ちい》さくなって生《い》きていかなければならない。

秀明《ひであき》には、ベテランだという触《ふ》れこみの家庭教師《かていきょうし》に、高《たか》い月謝《げっしゃ》をはらって来《き》てもらっているのだが、成績《せいせき》は思《おも》ったほど伸《の》びない。

家庭教師《かていきょうし》は、一年《ねん》のときからこのくらいやればよかったけれど、三年《ねん》になってからでは手遅《ておく》れだと言《い》う。

しかし、まだ望《のぞ》みは捨《す》てていなかった。

その時期《じき》に教頭《きょうとう》からの電話《でんわ》である。なんとなく、いいことのありそうな予感《よかん》がして、いそいそと学校《がっこう》へ出《で》かけた。

学校《がっこう》には、部活《ぶかつ》の生徒《せいと》が校庭《こうてい》でサッカーの練習《れんしゅう》をしているだけで、ほかには人《ひと》はいなかった。

さっそく校長応接室《こうちょうおうせつしつ》に通《とお》されたが、そこには担任《たんにん》の南原《なんばら》はおらず、かわりに教頭《きょうとう》の谷沢《やざわ》と教務主任《きょうむしゅにん》の長井《ながい》がいた。

「これから秀明《ひであき》くんの内申書《ないしんしょ》を書《か》くところですが、この成績《せいせき》だとちょっとM高《エムこう》は無理《むり》ですな」

長井《ながい》は眺《なが》めていた成績表《せいせきひょう》から目《め》をあげて言《い》った。

「そうですか」

予期《よき》していたこととはいえ、千佳子《ちかこ》はがっくり肩《かた》を落《お》とした。

「ただ、秀明《ひであき》くんは人柄《ひとがら》がいい。成績《せいせき》オンリーでなく、こういう子《こ》どもをM高《エムこう》が求《もと》めているのも事実《じじつ》です」

か。

だめかと思《おも》うと、希望《きぼう》があるようなことを言《い》う。

長井《ながい》の真意《しんい》が千佳子《ちかこ》にはわからなかったが、そのうち、はっと思《おも》いあたった。

もしかしたら、ワイロをつかえば入学《にゅうがく》できるということを、それとなく伝《つた》えているのではないだろうか。

ワイロをつかってまで入学《にゅうがく》させたなんてことが秀明《ひであき》にばれたら、きっとおこって直《ただ》ちにやめてしまうにちがいない。

といって、このままでは落《お》ちることはまちがいないと宣告《せんこく》されたようなものだ。

入《い》れたい。どうしても秀明《ひであき》をM高《エムこう》に入《い》れたい。

「先生《せんせい》、秀明《ひであき》がM高《エムこう》に入《はい》る方法《ほうほう》はあるのでしょうか？」

千佳子《ちかこ》は思《おも》いきってきいてみた。

「ないとは言《い》えません」

長井《ながい》は、ふくみのある言《い》い方《かた》をした。

「どういう方法《ほうほう》か、教《おし》えていただけませんでしょうか？」

千佳子《ちかこ》は、身《み》をのりだした。

「それは、学校《がっこう》の強力《きょうりょく》な推薦《すいせん》があれば入《はい》れるということです」

「学校《がっこう》の推薦《すいせん》ですか……」

――それではだめだ。

秀明《ひであき》は、学級委員《がっきゅういいん》をやったこともなく、スポーツも大《たい》したことはなく、一芸《いちげい》に秀《ひい》でてもいない。

これでは推薦《すいせん》する理由《りゆう》がないではないか。

千佳子《ちかこ》は、知《し》らずに下《した》を向《む》いてしまった。

「お母《かあ》さま、望《のぞ》みがないことはないと申《もう》し上《あ》げたでしょう」

教頭《きょうとう》の谷沢《やざわ》が言《い》った。

「でも、うちの秀明《ひであき》は取《と》り立《た》てて何《なに》もしておりませんので……」

「たしかに、これまで秀明《ひであき》くんは目立《めだ》ったことはしていませんでした。しかし、これから何《なに》か学校《がっこう》のためにやれば、それは推薦《すいせん》の条件《じょうけん》に当《あ》てはまります」

「学校《がっこう》のために、何《なに》をしたらいいんでしょうか？」

千佳子《ちかこ》は、すがりつく思《おも》いで谷沢《やざわ》の目《め》を見《み》つめた。

「学校《がっこう》では、いま大《おお》きい事件《じけん》が持《も》ちあがろうとしています。それを秀明《ひであき》くんが未然《みぜん》に防《ふせ》いでくれたら、その功労《こうろう》に報《むく》いて、M《エム》高《こう》に強力《きょうりょく》に推薦《すいせん》をしたいと思《おも》っています」

「大《おお》きい事件《じけん》って、なんのことでしょうか？」

「秀明《ひであき》くんから何《なに》か聞《き》いていませんか？」

「はい、何《なに》も聞《き》いておりません」

千佳子《ちかこ》には、まったく心《こころ》あたりがない。

「秀明《ひであき》くんたちの例《れい》の仲間《なかま》が、卒業式《そつぎょうしき》をひっくり返《かえ》そうと計画《けいかく》しているのです」

「ええっ、仲間《なかま》というと、相原《あいはら》くんとか菊地《きくち》くんたちですか？」

「そうです」

「卒業式《そつぎょうしき》に何《なに》をやるんですか？」

千佳子《ちかこ》は、目《め》が大《おお》きく開《ひら》いたまま、小《ち》さくならなくなってしまった。

「わかりません。私《わたし》たちはその内容《ないよう》を知《し》りたいのです」

「秀明《ひであき》もその仲間《なかま》に入《はい》っているのでしょうか？」

「これまでのケースから判断《はんだん》しますと、十中八九《じゅっちゅうはっく》仲間《なかま》に入《はい》っているはずです」

「ああ、なんということを」

千佳子《ちかこ》は両手《りょうて》で顔《かお》をおおった。

「卒業式《そつぎょうしき》に、もし大《おお》きな騒《さわ》ぎを起《お》こすと、どうなるかご存《ぞん》じですか？」

「卒業《そつぎょう》が取《と》り消《け》しになるんでしょうか？」

「卒業《そつぎょう》は取《と》り消《け》しにはなりませんが、高校入学《こうこうにゅうがく》は取《と》り消《け》しになります」

「そんな……。それではあの子《こ》の将来《しょうらい》はめちゃめちゃですわ」

「おっしゃるとおりです」

谷沢《やざわ》は冷《つめ》たい表情《ひょうじょう》をくずさない。

「それでは子《こ》どもたちがかわいそうです。ですから、どうしてもその暴動《ぼうどう》を未然《みぜん》に防《ふせ》ぎたいのです」

「おっしゃるとおりです」

「そこで、お母《かあ》さまに、ぜひ力《ちから》になっていただきたいのです」

「私《わたし》に……ですか？」

「ほかにもお母《かあ》さまはいろいろいらっしゃいますが、あなたならきっと学校《がっこう》の力《ちから》になってくださると考《かんが》えたからです」

――そうか。

千佳子《ちかこ》は、谷沢《やざわ》の言《い》おうとしていることがやっとわかった。

「先生《せんせい》のおっしゃること、よくわかりました。それで、私《わたし》は何《なに》をすればよろしいのでしょうか？」

「これは、はっきり申《もう》し上《あ》げますと取《と》り引《ひ》きというか、ギブ・アンド・テイクと申《もう》しますか、お母《かあ》さまがそれなりの誠意《せいい》を学校《がっこう》にお示《しめ》しくだされば、学校《がっこう》もお母《かあ》さまの希望《きぼう》にお応《こた》えしようというものです」

「ありがとうございます。まるで神《かみ》の声《こえ》みたい。絶対《ぜったい》やります。やらせてください」

千佳子《ちかこ》は感動《かんどう》で声《こえ》がふるえ、その場《ば》に座《すわ》って頭《あたま》を床《ゆか》にすりつけたくなった。

「引《ひ》き受《う》けてくださってありがとうございます。ただしこれはお母《かあ》さまと私《わたし》たちとの秘密協定《ひみつきょうてい》で、秀明《ひであき》くんにもほかのお母《かあ》さまにも、絶対話《ぜったいはな》さないでいただきたいのです」

「わかっております。だれにも口《くち》が裂《さ》けても申《もう》しません」

「とは申《もう》しましても、入学《にゅうがく》を餌《えさ》にお母《かあ》さまに裏切《うらぎ》りをすすめているわけではないことをわかっていただきたいのです。この暴動《ぼうどう》を未然《みぜん》に防《ふせ》ぐことは、彼《かれ》らの将来《しょうらい》のためですから、いつか、やらなくてよかったと、きっと感謝《かんしゃ》するはずです」

「教頭先生《きょうとうせんせい》のおっしゃるとおりですわ。これは秀明《ひであき》だけでなく、みんなの人助《ひとだす》けだと思《おも》ってやるつもりです」

谷沢《やざわ》に挑発《ちょうはつ》された千佳子《ちかこ》は、使命感《しめいかん》で胸《むね》が熱《あつ》くなった。

「では、具体的《ぐたいてき》にお話《はな》し申《もう》しあげます」

谷沢《やざわ》に言《い》われて、千佳子《ちかこ》はハンドバッグからグッチの手帳《てちょう》を出《だ》した。

「手帳《てちょう》に書《か》かずに頭《あたま》の中《なか》に記憶《きおく》してください」

「はい」

最近《さいきん》、もの忘《わす》れするようになった千佳子《ちかこ》は、そう言《い》われて、ちょっと不安《ふあん》になった。

「まず、秀明《ひであき》くんから、みんなで何《なに》をやりたいのか、その内容《ないよう》を聞《き》きだしてください」

「はい」

「ただし、まともにきいたら警戒《けいかい》して言《い》いませんから、相手《あいて》を挑発《ちょうはつ》するように、たとえば、もう最後《さいご》なんだから、もう一度《いちど》ぱっと花火《はなび》をあげなさいよ、といったふうにおっしゃってください」

「挑発《ちょうはつ》ですね？　わかりました」

谷沢《やざわ》の言《い》うとおりだと思《おも》った。

「やるんだったら、ママも手《て》を貸《か》してあげるくらい言《い》ってもいいと思《おも》います」

「そうですね」

「計画《けいかく》は一度《いちど》に全部《ぜんぶ》聞《き》きだす必要《ひつよう》はありません。断片的《だんぺんてき》でいいですから、わかったらすぐに私《わたし》か長井《ながい》に報告《ほうこく》してください。お断《ことわ》りしておきますが、私《わたし》と長井以外《ながいいがい》には絶対話《ぜったいはな》さないこと」

「なぜですか？」

「教師《きょうし》の中《なか》には子《こ》どもたちの味方《みかた》のシンパがいるからです。まったく教育者《きょういくしゃ》として失格者《しっかくしゃ》ですが」

「よくわかりました」

「それでは、おたがいのために成功《せいこう》を祈《いの》ります」

千佳子《ちかこ》は意気揚々《いきようよう》と校舎《こうしゃ》の外《そと》に出《で》た。校庭《こうてい》ではまだサッカーをやっている。足《あし》もとにボールが転《ころ》がってきた。拾《ひろ》って投《な》げかえすと、サッカー部《ぶ》の男子《だんし》が元気《げんき》のいい声《こえ》で、

「ありがとうございます」

と、頭《あたま》を下《さ》げた。木俣歯科《きまたしか》の木俣《きまた》だなとわかったが、それ以上気《いじょうき》に留《と》めることもなく、高揚《こうよう》した気分《きぶん》で校門《こうもん》を出《で》た。

それから家《いえ》に着《つ》くまでも、どこをどう歩《ある》いたかおぼえていないほど、その気分《きぶん》はつづいていた。

6

英治《えいじ》はしばらくぶりに大阪《おおさか》から帰《かえ》ってきた父親《ちちおや》の英介《えいすけ》に会《あ》った。

「どうだ、受《う》かりそうか?」

英介《えいすけ》は顔《かお》を合《あ》わせるなり言《い》った。

「まあまあね」

「まあまあねとはどういうことだ?」

大阪《おおさか》から帰《かえ》ってきた英介《えいすけ》は、いつもよりいらついている感《かん》じだ。

「このままいけば、六分《ぶ》四分《ぶ》くらいで入《はい》れそうだって」

母親《ははおや》の詩乃《しの》が取《と》りなすように言《い》った。

「六分《ぶ》四分《ぶ》か。五分五分《ごぶごぶ》とあまり変《か》わらんな」

「そうでもないよ」

英治《えいじ》は、英介《えいすけ》のグラスにビールを注《つ》いだ。

「落《お》ちたら、大阪《おおさか》に行《い》くことわかってるな」

「わかってるよ」

「どこか私立《しりつ》を受《う》けさせたら?」

「だめだ」

英介《えいすけ》は、詩乃《しの》の言葉《ことば》に取《と》りつく島《しま》もない。

「だいじょうぶ、心配《しんぱい》すんなよ、母《かあ》さん」

英治《えいじ》は、詩乃《しの》の肩《かた》を軽《かる》くたたいた。

「この子《こ》、楽天的《らくてんてき》なんだから。だれに似《に》たのかしら？」

「きみだろう。少《すく》なくともおれではない」

「父《とう》さん、機嫌《きげん》わるいね、会社《かいしゃ》クビになったの？」

「バカ、そう簡単《かんたん》にクビになってたまるか」

英介《えいすけ》は苦笑《にがわら》いしながら、

「近《ちか》ごろ、おもしろくないことばかりだ」

「そうよね、最近《さいきん》は、会社《かいしゃ》の不正事件《ふせいじけん》が連続《れんぞく》しちゃって。あれじゃ、まじめに働《はたら》いているサラリーマンはバカみたい」

詩乃《しの》のグラスに英介《えいすけ》がビールを注《つ》いだ。

「まったくだ。会社《かいしゃ》の命令《めいれい》で自分《じぶん》の家庭《かてい》まで犠牲《ぎせい》にしているのがバカバカしくなる」

「いっそのこと、サラリーマンなんかやめちゃったら？」

「こいつ、父《とう》さんがサラリーマンやめて、いちばん困《こま》るのはおまえじゃないか」

英介《えいすけ》は少《すこ》し機嫌《きげん》が直《なお》ってきたらしく、英治《えいじ》の頭《あたま》をこつんとつついた。

「おれ、サラリーマンになるのやめようかな」

「サラリーマンをやめて何《なに》になるんだ？」

「何《なに》か、もうかる商売《しょうばい》をやる」

「そんな商売《しょうばい》が簡単《かんたん》に見《み》つかるもんか」

「じゃあ、外国《がいこく》に行《い》く」

「外国《がいこく》もきびしいぞ」

「そう言《い》ったら、やることないじゃん」

「だから、勉強《べんきょう》していいサラリーマンになるしかないんだ」

「いいサラリーマンになったって、不満《ふまん》はいっぱいあるんだろう」

「それはそうだが……」

英介《えいすけ》が言葉《ことば》につまったとき電話《でんわ》が鳴《な》った。詩乃《しの》が立《た》って行《い》ったが、しばらくして戻《もど》ってきた。

「宇野《うの》くんのママから電話《でんわ》」

「用事《ようじ》は何《なに》？」

「こんどの卒業式《そつぎょうしき》、みんなで暴動《ぼうどう》起《お》こすってうわさがあるけれど、ほんとうかって」

「そういううわさならあるよ」

「おまえたち、また何《なに》かやらかすつもりか?」

英介《えいすけ》の目《め》が光《ひか》った。

「ううん、やらないよ」

「そうか。卒業《そつぎょう》だからやりたいことはわかるが、こんどはやらんほうがいい」

「そうかな」

「なんだ、やっぱりやるつもりなのか?」

「やらないけど」

英介《えいすけ》の、心《こころ》を見透《みとお》すような目《め》が気《き》になって、顔《かお》をそらした。

「ほんとうはやりたいんだな? そうだろう」

「やりたくない。やれば、やつらのわなにはまるだけだから」

「やつらって先生《せんせい》か?」

「そうだよ。やつらはおれたちが卒業式《そつぎょうしき》に何《なに》かやるのを待《ま》ってるんだ。そんなわなにはまるもんか」

「おまえたちも、だんだん大人《おとな》のやり口《くち》が見《み》えてきたな」

英介《えいすけ》は、満足《まんぞく》そうにビールをあけた。

「そりゃそうさ、おれたちだって三年《ねん》だもん」

「十五歳《さい》か。むかしなら男子《だんし》が成人《せいじん》となる、元服《げんぷく》の年《とし》だな」

「でも、宇野《うの》くんのママ、なぜ突然電話《とつぜんでんわ》してきたのかしら？」

詩乃《しの》は首《くび》をかしげた。

「やるっていううわさにおびえてるんじゃない？」

「そうかしら。でも宇野《うの》くんのママ、英治《えいじ》くんには内緒《ないしょ》にしておいてねって言《い》ったわ」

「母《かあ》さん、約束《やくそく》を破《やぶ》るのはよくないぜ」

英治《えいじ》が言《い》うと、英介《えいすけ》も詩乃《しの》も笑《わら》いだした。

やはり、英介《えいすけ》がいて家族《かぞく》みんなで笑《わら》うのはいい。

「宇野《うの》くん、M高《エムこう》受けるんだって？」

「あいつの実力《じつりょく》じゃ無理《むり》だよ。あいつはT《ティー》でもF《エフ》でもいいって言《い》ってるんだけど、ママが承知《しょうち》しないんだって」

「M高《エムこう》に入《はい》れるといいことあるのか？」

英介《えいすけ》がきいた。

「そりゃ、いばれるもん」

「親《おや》がか？」

「そう」

「バカバカしい」

英介《えいすけ》は、吐《は》きすてるように言《い》った。

「うちはそうでもないけど、けっこう親《おや》の見栄《みえ》のために、実力以上《じつりょくいじょう》の高校《こうこう》受《う》けさせられるやつもいるんだぜ」

「その点《てん》、おまえは親《おや》は受《う》けろと言《い》わないのに、自分《じぶん》で実力以上《じつりょくいじょう》の高校《こうこう》を受《う》けようとしている。幸《しあわ》せだろう？」

「そうでーす。幸《しあわ》せでーす」

英治《えいじ》は、もう頃合《ころあ》いだと思《おも》ってソファから立《た》ちあがって、リビングルームを出《で》た。

「あいつ、ほんとうにN高《エヌこう》だいじょうぶなのか？」

背中《せなか》で英介《えいすけ》の声《こえ》が聞《き》こえた。

「だいじょうぶそうよ。担任《たんにん》の南原先生《なんばらせんせい》もそうおっしゃってたから」

担任《たんにん》の南原《なんばら》が、詩乃《しの》にそんなことを言《い》っているとは知《し》らなかった。

「やったぜ」

思《おも》わず飛《と》びあがったとたん、鴨居《かもい》に頭《あたま》をぶつけてしまった。目《め》から火花《ひばな》が散《ち》った。

これで、せっかくの頭《あたま》がおかしくならなければいいが。

不安《ふあん》になって、「神《かみ》さま」とつい言《い》ってしまった。

自分《じぶん》の部屋《へや》に入《はい》って机《つくえ》の前《まえ》に座《すわ》ると、急《きゅう》に相原《あいはら》に電話《でんわ》したくなった。

受話器《じゅわき》から相原《あいはら》の声《こえ》が聞《き》こえると、ほっとした。

「南原《なんばら》が、おれのN高合格《エヌこうごうかく》に太鼓判押《たいこばんお》してくれたぞ」

「南原《なんばら》が直接《ちょくせつ》おまえに言《い》ったのか？」

「ちがう、おふくろが聞《き》いてきたんだ」

英治《えいじ》はいくらか得意《とくい》だった。

「いまごろそんなこと言《い》うなんて、南原《なんばら》も無責任《むせきにん》だな」

「無責任《むせきにん》だって？」

英治《えいじ》はききなおした。

「そうさ、きびしく採点《さいてん》すると、おまえの成績《せいせき》だとN高《エヌこう》へ入《はい》るのは、五・一対《たい》四・九だそうだ。これはおやじが言《い》ったんだからまちがいない」

「ええっ、そんな」

急《きゅう》に、いまさっきぶつけた頭《あたま》が痛《いた》くなった。

「おまえはどのくらいなんだ？」

「おれでも、五・五対《たい》四・五くらいだ」

「そうか」

英治《えいじ》は思《おも》わずため息《いき》が出《で》た。

「もう一息《ひといき》がんばれば、なんとかなるってさ」

相原《あいはら》は、英治《えいじ》があんまりがっくりきたので、なぐさめてくれたのかもしれない。

「なんだか世《よ》の中暗《なかくら》くなっちゃったよ」

「おまえらしくないぞ。中尾《なかお》と律子《りつこ》はH高《エッチこう》を受《う》けるらしい。あそこは超《ちょう》の字《じ》がつく難関《なんかん》だが、あの二人《ふたり》なら受《う》かるだろう」

「谷本《たにもと》もN高《エヌこう》受《う》けるぞ」

「谷本ならいいかもな。あいつはメカの天才《てんさい》だから」

「小黒《おぐろ》はどこだ？」

「小黒《おぐろ》はM高《エムこう》だ」

「じゃあ、宇野《うの》と一緒《いっしょ》じゃないか」

「宇野《うの》は無理《むり》だ。小黒《おぐろ》はずっとがんばっていたから、だいじょうぶだろう」

さすがに相原《あいはら》は、塾《じゅく》の息子《むすこ》だけにくわしい。

「地元《じもと》のA高《エーこう》にはだれが行《い》くんだ？」

「佐竹《さたけ》、天野《あまの》、立石《たていし》が行《い》く」

「日比野《ひびの》はF高《エフこう》だって言《い》ってたぜ」

「秋元《あきもと》もF高《エフこう》だ。あそこは勉強《べんきょう》のことはうるさく言《い》わないから、あの二人《ふたり》には向《む》いてるんじゃないのか。

そうだ、久美子《くみこ》もそこへ行《い》く」

「田舎《いなか》へ帰《かえ》るんじゃなかったのか？」

「さっき安永《やすなが》から電話《でんわ》があって、久美子《くみこ》は東京《とうきょう》に残《のこ》るって言《い》ってた」

「そういえば、このごろ安永《やすなが》が急《きゅう》に元気《げんき》がなくなっちゃったな」

「純子《じゅんこ》も結局《けっきょく》A高《エーこう》に行《い》くことになったし、中学《ちゅうがく》でやめるのは安永《やすなが》一人《ひとり》だ。いまは受験前《じゅけんまえ》だから、みんなに遠慮《えんりょ》してるんじゃないのか。あいつって、そういうやつなんだ」

英治《えいじ》は急《きゅう》に安永《やすなが》に会《あ》いたくなった。

「安永《やすなが》に会《あ》いたいなら、行《い》かなくたって、ここへ呼《よ》べば来《く》るさ」

「じゃあ、おれ今《いま》からそこへ行《い》く。安永《やすなが》呼《よ》んどいてくれよ」

「勉強《べんきょう》いいのか？」

「いいって、いいって。まかしてくれよ」

英治《えいじ》が、これから塾《じゅく》へ行《い》くと言《い》うと、英介《えいすけ》が、「いまからか？」と、不審《ふしん》そうな顔《かお》をした。

「このごろは相原《あいはら》くんと毎晩《まいばん》おそくまでやってるの」

と、詩乃《しの》が言《い》うと、「たいへんだな」と言《い》っただけだった。

相原《あいはら》の家《いえ》に着《つ》くと、ほとんど同時《どうじ》に安永《やすなが》がやってきた。

安永《やすなが》は、このごろ学校《がっこう》で顔《かお》を合《あ》わせても、避《さ》けているみたいに口《くち》をきかない。

「やあ」

と、手《て》をあげると、ちょっと照《て》れたように唇《くちびる》をゆるめた。

「おまえたち、こんなことしてていいのか?」

「骨休《ほねやす》めだよ。毎日《まいにち》受験勉強《じゅけんべんきょう》ばかりしてると、気《き》がつまって死《し》にそうになる。そういうとき、安永《やすなが》に会《あ》うと、ほっとするんだ」

相原《あいはら》はうまいことを言《い》う。英治《えいじ》にはとてもこうは言《い》えない。

「そんなに気《き》をつかってくれなくてもいいんだぜ」

安永《やすなが》は、相原《あいはら》の気持《きも》ちを見通《みとお》して、まるで大人《おとな》みたいな口《くち》のきき方《かた》をする。

「おまえこそ、おれたちに気《き》をつかいすぎるぞ」

こんどは英治《えいじ》が言《い》った。

「そうかな。おれはべつにそんな気《き》はねえけど」

「そうか、それならいいけど。近《ちか》ごろおまえ元気《げんき》がないから、ちょっと心配《しんぱい》してたんだ」

「元気《げんき》のねえのはあたりまえだろう。もうすぐみんな別《わか》れちゃうんだから」

「それを言《い》ってくれるな。いまは受験《じゅけん》で頭《あたま》がいっぱいだけど、さびしいのは一緒《いっしょ》だ」

相原《あいはら》が少《すこ》ししんみりした声《こえ》になった。

「高校《こうこう》に入《はい》っても、おれのことを忘《わす》れずにおぼえておいてくれよ」

「忘《わす》れるわけねえだろう。変《へん》なこと言《い》うなよ」

英治《えいじ》は、思《おも》わず安永《やすなが》の手《て》をぎゅっとにぎりしめた。

「〽つらいこともありました
　楽《たの》しいこともありました
　あっという間《ま》に三年《ねん》過《す》ぎて
　すてきな仲間《なかま》になりました」

相原《あいはら》が歌《うた》うと、安永《やすなが》が相原《あいはら》の手《て》をにぎりしめた。その上《うえ》に英治《えいじ》も手《て》を重《かさ》ねた。

「ほんとに、あっという間《ま》に三年《ねん》たっちゃったな」

安永《やすなが》がしみじみと言《い》ったとたん、英治《えいじ》は鼻《はな》の奥《おく》がつんとなった。

「そういえば、きょう木俣《きまた》に会《あ》ったんだ。あいつもすっかりキャプテンが板《いた》についたみたいだ」

安永《やすなが》は急《きゅう》に話題《わだい》を変《か》えた。

「おれたちのときは弱《よわ》かったが、これからサッカー部《ぶ》も強《つよ》くなるだろうぜ」

相原《あいはら》は木俣《きまた》をすっかり信用《しんよう》している。

「木俣《きまた》が言《い》ってたけど、きょう宇野《うの》のおふくろが学校《がっこう》から出《で》てくるのを見《み》たってさ。何《なに》しに行《い》ったのかな?」

宇野《うの》のおふくろと聞《き》いて、英治《えいじ》はさっき詩乃《しの》のところにかかってきた電話《でんわ》のことを思《おも》いだした。

「いまごろ、何《なに》しに行《い》ったのかな」

相原《あいはら》は、あまり関心《かんしん》がないらしい表情《ひょうじょう》だ。

「内申書《ないしんしょ》をうまく書《か》いてもらうよう頼《たの》みに行《い》ったのかもしれねえぜ」

安永《やすなが》が言《い》うと相原《あいはら》が、

「それだったら学校《がっこう》に出《で》かけてもとりあわねえよ」

「そうかもな」

相原《あいはら》も安永《やすなが》も、それ以上《いじょう》その話題《わだい》を口《くち》にしなかったが、英治《えいじ》は妙《みょう》にひっかかるものがあった。

しかし、それがなんであるか、そのときはわからなかった。

二章《しょう》　英治《えいじ》とひとみと純子《じゅんこ》の三角関係《さんかくかんけい》!?

1

「久美子《くみこ》、受《う》かったよ」

ひとみの声《こえ》を耳《みみ》ざとく聞《き》きつけた男子《だんし》たちが、わっとひとみと久美子《くみこ》のまわりに集《あつ》まった。

「おめでとう」

英治《えいじ》は真《ま》っ先《さき》に言《い》った。これだけは、だれよりも早《はや》く言《い》おうと心《こころ》に誓《ちか》っていたのだが、それが実現《じつげん》できて、うれしくなった。

「ありがとう」

ひとみと目《め》が合《あ》った。いつになく優《やさ》しい目《め》をしている。きっとよろこんでいるにちがいない。

「ひとみが一番《ばん》か。いいなあ、これから遊《あそ》べて」

純子《じゅんこ》がうらやましそうに言《い》った。

「純子《じゅんこ》だいじょうぶかよ?」

天野《あまの》がきいた。

「天野《あまの》くんが入《はい》れれば、わたしも入《はい》れるよ。もし落《お》ちても、わたしは中華料理屋《ちゅうかりょうりや》の手《て》つだいをやればいいんだから気楽《きらく》なもんよ」

「そうか、純子《じゅんこ》はそれがあるからいいよな。おれなんて、落《お》ちたら追放《ついほう》だぜ」

柿沼《かきぬま》が、いつになくしょぼくれた顔《かお》をしている。

「おまえらしくないぞ。落《お》ちたらおれと一緒《いっしょ》に働《はたら》こうぜ」

安永《やすなが》が肩《かた》をたたく。

「おれ、穴掘《あなほ》りはきついからいやだよ」

「歯医者《はいしゃ》だって穴掘《あなほ》りじゃんか。小《ちい》さいか大《おお》きいかのちがいだけだ。どうせ穴掘《あなほ》るなら、外《そと》のほうが気《き》持《も》ちいいぞ」

「そうか、そういえば歯医者《はいしゃ》は道路工事《どうろこうじ》に似《に》てるな」

柿沼《かきぬま》はおかしそうに笑《わら》った。

「柿沼《かきぬま》くん、歯医者《はいしゃ》になるの?」

純子《じゅんこ》がきくと、柿沼《かきぬま》はむきになって、

「ちがう。おれは医者《いしゃ》になるんだ。歯医者《はいしゃ》は安永《やすなが》が勝手《かって》に決《き》めてるだけだ」

「おまえは歯医者《はいしゃ》になって、でかい穴《あな》を掘《ほ》れよ」

「立石《たていし》、おまえは花火屋《はなびや》になるんだろう？　花火屋《はなびや》はいいよな」

「おれも」

日比野《ひびの》は自分《じぶん》の顔《かお》を指《ゆび》さした。

「そうか、日比野《ひびの》はシェフになるんだったな？」

「おれは、高校《こうこう》を出《で》たらフランスへ行《い》って修業《しゅぎょう》してくる。帰《かえ》ってきたら本場《ほんば》のフランス料理《りょうり》を食《く》わせてやるからな」

日比野《ひびの》が言《い》うと、ほんとうにそうなりそうな気《き》がしてくる。

「宇野《うの》、おまえM《エム》高《こう》受《う》けるんだってな？」

天野《あまの》が、ぼんやり座《すわ》っている宇野《うの》に言《い》った。

「まあな」

「やけに無理《むり》するじゃんか。自信《じしん》あるのか？」

「ねえよ」

「なくて受《う》けるなんて、いい度胸《どきょう》してるぜ。落《お》ちたらどこに行《い》くんだ？」

「T《ティー》高《こう》だ」

「ちぇっ、おれの行《い》くとこじゃんか。おれもずいぶんなめられたもんだぜ」

柿沼《かきぬま》がすねてみせた。

「そんなことはない。おれはもともとT高《ティーこう》に行《い》くつもりだったんだけど、おふくろがどうしてもM高《エムこう》受《う》けろって言《い》うもんだから」

宇野《うの》は、ぼそぼそと弁解《べんかい》した。

「おまえ、まだ、ママゴンに仕切《しき》られてんのか。いいかげんに卒業《そつぎょう》しねえと、嫁《よめ》さんもらえねえぜ」

安永《やすなが》が言《い》うと、みんながどっと笑《わら》った。

「佐山《さやま》、おまえどうするんだ？」

さっきから、みんなの話《はなし》をにこにこしながら聞《き》いている佐山《さやま》に、英治《えいじ》が話《はな》しかけた。

「ぼくか？　ぼくはろう学校《がっこう》に行《い》くよ」

「おれたちと一緒《いっしょ》にA高《エーこう》に来《こ》いよ。みんなで面倒《めんどう》見《み》てやるから」

佐竹《さたけ》が言《い》うと、天野《あまの》も立石《たていし》も純子《じゅんこ》も、「そうだ」と言《い》った。

「ありがとう。中学《ちゅうがく》のときはみんなのおかげでなんとかやれたけど、高校《こうこう》では無理《むり》だ。それにA高《エーこう》は、ぼくみたいな聴覚《ちょうかく》に障害《しょうがい》を持《も》つ者《もの》を入《い》れてくんないよ」

佐山《さやま》の表情《ひょうじょう》は、いつもと変《か》わらず淡々《たんたん》としている。

「そんなことあるのか？」

天野《あまの》は、信《しん》じられないという顔《かお》をした。

「あるかもしれないな」

相原《あいはら》がうなずくと、

「あるんだよ。悔《くや》しいけど」

佐山《さやま》はさびしそうな表情《ひょうじょう》をした。

「そうか、ろう学校《がっこう》に行《い》っちゃうのか」

立石《たていし》の声《こえ》に力《ちから》がなくなった。

「去年《きょねん》の修学旅行《しゅうがくりょこう》は楽《たの》しかったよ。あんなことは生《う》まれてはじめてだった」

佐山《さやま》の表情《ひょうじょう》が輝《かがや》いた。

「おれだって、あんなこと生《う》まれてはじめてさ」

英治《えいじ》が言《い》うと久美子《くみこ》が、

「わたしのけり、見《み》せたかったな」

と、懐《なつ》かしそうに言《い》った。

「佐山《さやま》、ろう学校《がっこう》に行《い》っても、またみんなで集《あつ》まるときには来《こ》いよ」

「うん。いつでも行《い》くよ」

佐山《さやま》は大《おお》きくうなずいた。

「みんなちょっと聞《き》いてくれ」

相原《あいはら》がまわりを見《み》まわして言《い》うと、それまでのざわめきが急《きゅう》に静《しず》まった。

「最近《さいきん》、おれたちが卒業式《そつぎょうしき》に何《なに》かやらかすといううわさが下級生《かきゅうせい》の間《あいだ》に広《ひろ》まっているのを知《し》ってるか？」

「知《し》ってる」

みんなが同時《どうじ》に言《い》った。

「下級生《かきゅうせい》だけじゃない。先生《せんせい》もそう思《おも》ってるらしいぜ」

天野《あまの》の言葉《ことば》を待《ま》っていたように、

「なんならやるか？　思《おも》い出《で》のために」

と、立石《たていし》が言《い》った。

「それはヤバイよ」

宇野《うの》が肩《かた》をすくめると、

「シマリスちゃん、いくつになっても臆病《おくびょう》だな」

すかさず安永《やすなが》が冷《ひ》やかした。

解放区《かいほうく》のときは、このあと安永《やすなが》と日比野《ひびの》がけんかになったが、いまは日比野《ひびの》も大人《おとな》になったのか、何《なに》も言《い》わない。

「おれも宇野《うの》の意見《いけん》にさんせいだ。わざわざ向《む》こうのわなにはまるのはバカだと思《おも》う」

「相原《あいはら》、おまえも臆病《おくびょう》になったな。そんなに受験《じゅけん》が怖《こわ》いのか？」

安永《やすなが》が挑発《ちょうはつ》するが、相原《あいはら》は乗《の》ろうとしない。

「怖《こわ》いさ、だれだってそうだ」

「そうか、みんなそうか。それなら、おれ一人《ひとり》でやる」

安永《やすなが》は教壇《きょうだん》に駆《か》けあがると、

「だれか一緒《いっしょ》にやる者《もの》はいねえのか？」

と、クラス中《じゅう》を見《み》まわした。しかし、みんなうつむいたまま、返事《へんじ》をする者《もの》はいない。

「みんな見損《みそこ》なったぜ」

そのとき突然《とつぜん》、久美子《くみこ》が立《た》ちあがって、「わたしもやる」と叫《さけ》んだ。

「突《つ》っぱるのはやめろよ。高校《こうこう》に行《い》けなくなるぜ」

「高校《こうこう》なんか行《い》けなくたっていい。わたしはやる」

「やめとけ。親《おや》が泣《な》くぜ」

安永《やすなが》の言《い》い方《かた》は、ぞっとするほど冷《つめ》たかったので、久美子《くみこ》は顔《かお》をしかめて泣《な》きだしそうになった。

「一人《ひとり》で何《なに》をやるつもりなんだ？」

佐竹《さたけ》がきいた。

「何《なに》をやるかまだ決《き》めてねえよ。しかし、先生《せんせい》が肝《きも》っ玉《たま》をつぶすようなでかいことだ」

「おまえはいいよな、なんでもできて」

天野《あまの》がうらやましそうに言《い》った。

「おまえたちは、いい子《こ》ちゃんで卒業《そつぎょう》しろよ。それが身《み》のためってもんだ」

「安永《やすなが》、自分《じぶん》だけかっこうつけるのはよせ」

「何《なに》？　もう一度《いちど》言《い》ってみろ」

安永《やすなが》は、相原《あいはら》のほうに向《む》きなおった。

「何度《なんど》でも言《い》ってやる。一人《ひとり》だけかっこうつけるな」

「こいつ、やるつもりか？」

安永《やすなが》が拳《こぶし》をにぎって身構《みがま》えた。

「おまえがやるってのなら、受《う》けていいぜ」

「相原《あいはら》、やめろ」

英治《えいじ》は相原《あいはら》の腕《うで》をかかえた。

「放《はな》せ。安永《やすなが》とは一度勝負《いちどしょうぶ》したかったんだ」

相原《あいはら》は、ぴしゃりと英治《えいじ》の手《て》をはねのけた。

「おれもそう思《おも》ってた。みんな止《と》めるなよ」

そう言《い》うなり、安永《やすなが》はいきなり相原《あいはら》の顔《かお》にストレートを出《だ》した。

相原《あいはら》がよけたので、それがわずかにほおをかすめた。

相原《あいはら》のパンチが安永《やすなが》の顎《あご》にあたり、安永《やすなが》がぐらついたが、そのまま相原《あいはら》に組《く》みつき、二人同時《ふたりどうじ》に床《ゆか》に倒《たお》れこんだ。

机《つくえ》が激《はげ》しい音《おと》を立《た》ててふっ飛《と》び、女子《じょし》が悲鳴《ひめい》をあげた。

二人《ふたり》は上《うえ》になったり下《した》になったりしている。

「天野《あまの》、実況《じっきょう》だ」

中尾《なかお》が言《い》った。天野《あまの》は、「よし」とうなずいて、

「みなさん、天野《あまの》です。相原《あいはら》・安永《やすなが》のファイナル・マッチが、いま始《はじ》まりました。三年間《ねんかん》たまりにたまったエネルギーがいま爆発《ばくはつ》しました。これはまさに、けんかではなくて戦《たたか》いです。死闘《しとう》です。どちらが勝《か》つか、どちらも倒《たお》れるか、それは神《かみ》さま以外《いがい》わかりません。いま教室《きょうしつ》は過激《かげき》をこえて、凄惨《せいさん》な戦場《せんじょう》となったのです。二人《ふたり》の胸《むね》のうちから理性《りせい》は完全《かんぜん》に消《き》え、闘争本能《とうそうほんのう》だけ。一〇〇パーセント闘争本能《とうそうほんのう》だけのすさまじい様相《ようそう》になってまいりました」

「天野《あまの》、いいぞ、もっとやれ」

男子《だんし》たちが手《て》をたたいてはやす。

そのとき、二人《ふたり》の動《うご》きが、ぱったりと止《と》まった。

「どうしたのでしょう？　二人《ふたり》ともギブアップか？　あっ、二人《ふたり》はにっこり笑《わら》って握手《あくしゅ》しました。しかし、どちらも顔《かお》は血《ち》だらけです」

安永《やすなが》と相原《あいはら》は、その場《ば》に並《なら》んで座《すわ》った。

「バカバカしくてやってられねえよ。あんな実況《じっきょう》放送《ほうそう》されたんじゃ」

安永《やすなが》が唇《くちびる》の血《ち》をふきながらぼやいた。その安《やす》永《なが》に久美子《くみこ》がハンカチを差《さ》しだした。

「ほんと、天野《あまの》の実況《じっきょう》を聞《き》いたとたん、急《きゅう》に力《ちから》が抜《ぬ》けちゃった」

相原《あいはら》は鼻血《はなぢ》が出《で》ている。純子《じゅんこ》がティッシュペーパーを相原《あいはら》にわたした。

「なんだ、もう終《お》わりか、がっかりだぜ」

日比野《ひびの》が言《い》うと佐竹《さたけ》が、

「これで金《かね》取《と》ってたら詐欺《さぎ》だけど、ただだから、しょうがねえよ。だいたい天野《あまの》の実況《じっきょう》が悪《わる》いんだ。二人《ふたり》のファイトをなくすなんて、アナウンサー失《しっ》格《かく》だぜ」

「おれは、かなりファイトをかきたてたつもりだったんだがなぁ」

「おまえの実況《じっきょう》を聞《き》いてると、解放区《かいほうく》の前《まえ》でトドがやった、一人《ひとり》プロレスを思《おも》いだしちゃうんだ」

相原《あいはら》が言《い》ったとたん、みんなが笑《わら》いだした。

「しかし、おまえよくやるぜ」

「おまえだって」

安永《やすなが》と相原《あいはら》はおたがいに手《て》を出《だ》し、それをがっちりとにぎりあった。

——二人《ふたり》ともすげえ。

英治《えいじ》は胸《むね》が熱《あつ》くなった。

2

「さっきは、どうしてあんなにかっとなったんだ？　おれおどろいたよ」

相原《あいはら》の顔《かお》は、安永《やすなが》になぐられてはれあがっている。

「かっとなったわけじゃない。卒業式《そつぎょうしき》に安永《やすなが》が一人《ひとり》で何《なに》かやることが先生《せんせい》にわかったら、あいつは卒業《そつぎょう》式《しき》に出《で》られなくなるからさ」

「そうか」

相原《あいはら》がそこまで考《かん》えて、安永《やすなが》とけんかしたとは気《き》づかなかった。

「安永《やすなが》のいない卒業式《そつぎょうしき》なんて考《かん》えられるか？」

「じゃあ、卒業式《そつぎょうしき》はおとなしくやるつもりか？」

英治《えいじ》が言《い》った。

「もちろんさ。仰《あお》げば尊《とうと》しわが師《し》の恩《おん》でやる」

相原《あいはら》の言葉《ことば》を聞《き》いたとたん、

「仰《あお》げば尊《とうと》しか……。こういう替《か》え歌《うた》はどうだ？」

英治《えいじ》は突然《とつぜん》ひらめいた。

「〽はげれば尊《とうと》しわが師《し》の頭《あたま》
　残《のこ》れる髪《かみ》の毛《け》　はや数本《すうほん》
　思《おも》えばいとしや　この一本《ぽん》
　いまこそ別《わか》れめ　いざさらば」

「おまえってやつは……」

英治《えいじ》が歌《うた》っている間《あいだ》、相原《あいはら》は腹《はら》を二つに折《お》って笑《わら》っていた。

「それ、即興《そっきょう》で出《で》てきたのか？」

「そうだよ」

英治《えいじ》がうなずくと、

「おまえって作詞家《さくしか》で有名《ゆうめい》になれるかもな」

相原《あいはら》は本気《ほんき》とも思《おも》える顔《かお》で言《い》った。

「それはないよ。おれのはパロディだから」

とはいうものの、ほめられてわるい気《き》はしなかった。

「卒業式《そつぎょうしき》には、どうしても仰《あお》げば尊《とうと》しを歌《うた》いたいって言《い》おう。そう言《い》えば校長《こうちょう》は感激《かんげき》するぜ」

「それで、これ歌《うた》っちゃうのか」

「そうさ。これなら泣《な》き虫《むし》の女子《じょし》だって笑《わら》うだろうよ」

「だいじょうぶかな?」

英治《えいじ》は、ちょっと不安《ふあん》になってきた。

「だいじょうぶだって。このくらいやらなくっちゃ、みんなが怒《おこ》るぜ。よし、さっそく安永《やすなが》に聞《き》かせてやろう」

相原《あいはら》は安永《やすなが》の家《いえ》に電話《でんわ》した。するとすぐ安永《やすなが》の声《こえ》が返《かえ》ってきた。

「安永《やすなが》、卒業式《そつぎょうしき》は仰《あお》げば尊《とうと》しでいくぞ」

相原《あいはら》は、いきなり切《き》りだした。

『ええっ、あんなくさいの歌《うた》うって? おれ、いやだぜ。歌《うた》わねえよ』

「まあ、そう言《い》わずに、いまから菊地《きくち》が歌《うた》うから聞《き》けよ」

相原《あいはら》は受話器《じゅわき》を英治《えいじ》にわたした。

「じゃあ、歌《うた》うぞ」

英治《えいじ》が〝はげれば尊《とうと》し〟を歌《うた》い終《お》わると、安永《やすなが》の笑《わら》い声《ごえ》で思《おも》わず受話器《じゅわき》を耳《みみ》から離《はな》した。

『だれが作《つく》ったんだ？』

安永《やすなが》はまるで泣《な》いているような声《こえ》だ。

「決《き》まってるだろう、菊地《きくち》さ」

『すげえ。気《き》に入《い》った。おれ、思《おも》いきりでかい声《こえ》で、絶対歌《ぜったいうた》うぜ』

「よし、歌《うた》いたかったら、卒業式《そつぎょうしき》までおとなしくしてろよ。おれたちの最後《さいご》の戦《たたか》いは、卒業式《そつぎょうしき》が終《お》わってからだ」

『わかった。わかったよ。いつものことながら、恩《おん》に着《き》るぜ』

相原《あいはら》は受話器《じゅわき》を置《お》いた。安永《やすなが》は今《いま》ごろ相原《あいはら》の心《こころ》づかいがわかって、ぐっときているかもしれない。

「替《か》え歌《うた》を作《つく》れなんて問題《もんだい》が試験《しけん》に出《で》れば、おれは入《はい》れるんだけどな」

英治《えいじ》が言《い》うと、

「そうなりゃ、おまえが一番《ばん》さ」

「しかし、現実《げんじつ》はきびしい。さあ、家《いえ》に帰《かえ》って勉強《べんきょう》するか」

英治《えいじ》が立《た》ちあがったとき電話《でんわ》が鳴《な》った。受話器《じゅわき》を取《と》って耳《みみ》にあてた相原《あいはら》は、

「佐織《さおり》からだ」

と、英治《えいじ》に言《い》った。それから、

「わかった。すぐ行《い》く」

と言《い》って電話《でんわ》を切《き》った。

「佐織《さおり》が、永楽荘《えいらくそう》にすぐ来《き》てくれと言《い》うから行《い》ってみる」

「瀬川《せがわ》さんに、何《なに》かあったんじゃないだろうな?」

「それならそうと言《い》うだろう」

「何《なに》も言《い》わなかったのか?」

「うん」

相原《あいはら》の表情《ひょうじょう》がきびしくなった。

「おれも行《い》く」

「おまえはいいよ。帰《かえ》って勉強《べんきょう》しろよ」

「そんなこと聞《き》いて、勉強《べんきょう》できるわけないだろう」

英治《えいじ》は、相原《あいはら》と一緒《いっしょ》に家《いえ》を出《で》た。

夕方《ゆうがた》になったせいか、外《そと》はかなり寒《さむ》いので走《はし》って行《い》くことにした。

永楽荘《えいらくそう》に着《つ》くと、体《からだ》が温《あたた》かくなって汗《あせ》が出《で》てきた。

玄関《げんかん》のところに、佐織《さおり》とルミが立《た》っていたが、寒《さむ》さのせいか青《あお》い顔《かお》で、体《からだ》をふるわせている。

「先輩《せんぱい》、お父《とう》さんが帰《かえ》ってきました」

ルミは、相原《あいはら》の顔《かお》を見《み》るなり言《い》った。声《こえ》がはずんでいる。

「あれほど、黙《だま》ってるように言《い》ったのに」

佐織《さおり》がにらむと、

「だって、言葉《ことば》が勝手《かって》に出《で》ちゃったんです。すみません」

と、頭《あたま》を下《さ》げた。

「瀬川《せがわ》さんの部屋《へや》にいるのか？」

「うん」

ルミは相原《あいはら》の手《て》を引《ひ》っぱって連《つ》れていく。

「よっぽどうれしいんだな」

あとからついて行《い》きながら、英治《えいじ》は佐織《さおり》に話《はな》しかけた。

「あたりまえでしょう。ほんとうは二人《ふたり》を瀬川《せがわ》さんの部屋《へや》に連《つ》れていって、そこでおどろかすつもりだったの。でもしかたないか」

瀬川《せがわ》の部屋《へや》に入《はい》ると、ルミの父親《ちちおや》の為朝《ためとも》が正座《せいざ》して待《ま》っていた。

「お帰《かえ》りなさい。お勤《つと》めご苦労《くろう》さんでした」

英治《えいじ》は、言《い》ってから、ちょっとおかしかったかなと思《おも》ったが、為朝《ためとも》は額《ひたい》を畳《たたみ》にこすりつけて、

「ただいま、もどってまいりました。留守中《るすちゅう》はルミがひとかたならぬご面倒《めんどう》をおかけしまして、まことにありがとうございました」

と言《い》ったまま頭《あたま》をあげない。

「お父《とう》さん、頭《あたま》をあげてくださいよ。それじゃ話《はなし》もできないよ」

英治《えいじ》が言《い》うと為朝《ためとも》は、まるで殿《との》さまの前《まえ》の家来《けらい》みたいに、おそるおそる頭《あたま》をあげた。

「思《おも》ったより早《はや》く出《で》られてよかったですね。ぼくらの卒業式《そつぎょうしき》には間《ま》に合《あ》わないかと思《おも》ってました」

相原《あいはら》の言葉《ことば》に、為朝《ためとも》は大《おお》きい目《め》を見開《みひら》いて、

「そうですか、もう卒業《そつぎょう》ですか。時間《じかん》のたつのは早《はや》いものですなあ」

「お父《とう》ちゃん、わたしも四月《がつ》から三年《ねん》だよ」

と、ルミが言《い》った。

「そうか、おまえもここにおいていただいてよかったな。瀬川《せがわ》さんのおかげです」

為朝《ためとも》は瀬川《せがわ》に頭《あたま》を下《さ》げた。

「いや、ルミちゃんをここへ呼《よ》んだのはさよさんだよ。さよさんも亡《な》くなってもうじき一年《ねん》になる」

「いいおばあちゃんでした」

為朝《ためとも》は仏壇《ぶつだん》に向《む》かって手《て》を合《あ》わせた。

「あなたは、出所《しゅっしょ》したらここで働《はたら》いてくださるということでしたが、やっていただけますか？」

瀬川《せがわ》が言《い》った。

「もちろんやらせていただきます」

「よかった。じゃあ、これからお父《とう》ちゃんと一緒《いっしょ》に住《す》めるんだね？」

ルミのはずんだ声《こえ》で、英治《えいじ》まで心《こころ》が明《あか》るくなる。

「もちろん一緒《いっしょ》だ」

為朝《ためとも》はルミの肩《かた》を抱《だ》いた。

「もう夜間外出《やかんがいしゅつ》はしないね？」

「あたりまえだ。もうどろぼうとは金輪際縁《こんりんざいえん》を切《き》ったんだ」

「みんなの前《まえ》で誓《ちか》う？」

「誓《ちか》うとも。約束《やくそく》を破《やぶ》ったら煮《に》て食《く》おうと焼《や》いて食《く》おうと、好《す》きなようにしてくれ」

為朝《ためとも》は気持《きも》ちをこめて言《い》った。

「刑務所《けいむしょ》にいるのもつらいでしょう？」

相原《あいはら》がきいた。

「それはつらいですが、私《わたし》は自分《じぶん》を生《う》まれかわらせる修行《しゅぎょう》と思《おも》ってましたから、それほどでもありませんでした」

「刑務所《けいむしょ》には、いろんな人《ひと》がいるんでしょう？」

英治《えいじ》がきいた。

「います。瀬川《せがわ》さんくらいのお年寄《としよ》りで、刑務所《けいむしょ》からしゃばに出《で》るとすぐ戻《もど》ってくるのがいます」

「どうしてですか？」

「しゃばでは、寝《ね》ることも食《く》うこともできませんが、刑務所《けいむしょ》はそれを確保《かくほ》してくれるからです」

「刑務所《けいむしょ》って、もどりたいって言《い》えば、もどらせてくれるんですか？」

「いや、それはできませんよ」

「じゃあ、どうやってもどるんですか？」

「無銭飲食《むせんいんしょく》とか、こそ泥《どろ》をやって、また捕《つか》まればいいんです」

「なんだ、そうか」

英治《えいじ》は、おかしいような、かわいそうなような複雑《ふくざつ》な気分《きぶん》になった。

「刑務所《けいむしょ》にいると、社会《しゃかい》の裏情報《うらじょうほう》が集《あつ》まります。とんでもない話《はなし》を聞《き》くことがありますよ」

「とんでもない話《はなし》ってなんですか？　聞《き》かせてくれませんか？」

相原《あいはら》は、おやと思《おも》うほど興味《きょうみ》を示《しめ》した。

「いいです。あすお話《はな》ししましょう。あなた方《がた》がおどろくような話《はなし》です」

その晩《ばん》、為朝《ためとも》はそれ以上話《いじょうはな》そうとしなかった。

二人《ふたり》は永楽荘《えいらくそう》の帰《かえ》り、おどろくような話《はなし》って何《なに》かなと話《はな》しあった。

しかし、これだけではわかるはずがない。

夜《よる》になって、風《かぜ》はほおに痛《いた》いほど冷《つめ》たかったが、為朝《ためとも》の話《はなし》のおかげで、冷《つめ》たさが苦《く》にならなかった。

3

次《つぎ》の日《ひ》の夕方《ゆうがた》、英治《えいじ》が家《いえ》を出《で》ようとすると相原《あいはら》から電話《でんわ》があった。

「為朝《ためとも》さん、けさ出《で》たきり帰《かえ》らないそうだ。電話《でんわ》の連絡《れんらく》もないから、今夜《こんや》はだめだ。勉強《べんきょう》でもしようぜ」

「ああ、そうしようぜ」

せっかくの期待《きたい》が裏切《うらぎ》られた失望感《しつぼうかん》と同時《どうじ》に、これで勉強《べんきょう》できるという安堵感《あんどかん》が交錯《こうさく》して、複雑《ふくざつ》な気《き》持《も》ちだった。

相原《あいはら》がルミの電話《でんわ》で聞《き》いたところによると、為朝《ためとも》は、どこからか電話《でんわ》がかかってきて出《で》かけたということだった。

電話《でんわ》がかかってきたということは、為朝《ためとも》が永楽荘《えいらくそう》の電話番号《でんわばんごう》を教《おし》えたからにちがいない。

すると、かなり親《した》しい関係《かんけい》ということになる。

為朝《ためとも》は、その日《ひ》に帰《かえ》ってくると思《おも》ったが、その後《ご》一週間《しゅうかん》たっても帰《かえ》ってくるどころか、連絡《れんらく》もなかった。

「これはおかしい。矢場《やば》さんに相談《そうだん》してみるか」

相原《あいはら》がテレビレポーターの矢場《やば》の家《いえ》に電話《でんわ》すると、矢場《やば》はその晩《ばん》にやってきた。

「矢場《やば》さん、よっぽど暇《ひま》なんだね」

英治《えいじ》が冷《ひ》やかすと、矢場《やば》はまじめな顔《かお》で、

「そうじゃない。いま、おれが追《お》いかけている事件《じけん》と、つながりがありそうな予感《よかん》がしたからやってきたんだ」

「このごろ電話《でんわ》がないと思《おも》ったら、矢場《やば》さん、何《なに》か追《お》いかけているのか？」

相原《あいはら》が目《め》を輝《かがや》かせた。

「そうだ。おれはいつも何《なに》か追《お》いかけていないと気《き》がすまないんだ。猟犬《りょうけん》みたいなもんさ」

「でかい事件《じけん》？」

「かなりでかくなりそうだ」

「矢場《やば》さんの追《お》いかけている事件《じけん》、いつも最初《さいしょ》はすごくでかく見《み》えるのに、最後《さいご》はうやむやになっちゃう。こういうのを竜頭蛇尾《りゅうとうだび》っていうんじゃない？」

英治《えいじ》もそうだが、相原《あいはら》も、矢場《やば》に対《たい》しては思《おも》っていることをずけずけ言《い》う。矢場《やば》は、何《なに》を言《い》っても怒《おこ》らないからだ。

「さすが受験生《じゅけんせい》だ。しゃれた言葉《ことば》を知《し》ってるな。おれの追《お》いかける事件《じけん》が、最後《さいご》は尻《しり》つぼみになるのは、それがあまりに社会的影響《しゃかいてきえいきょう》が大《おお》きいからだ」

「なんちゃって」

英治《えいじ》が笑《わら》うと、相原《あいはら》はまじめな顔《かお》で、

「ということは、だれかにもみ消《け》されちゃうってこと？」

「そうだ。きみらも高校《こうこう》に入《はい》り、大学《だいがく》に入《はい》るとだんだんわかってくるが、悪《あく》には見《み》える悪《あく》と見《み》えない悪《あく》がある」

「見《み》えない悪《あく》？」

英治《えいじ》がききかえした。

「たとえば、人《ひと》のポケットから財布《さいふ》を盗《ぬす》むとか、人《ひと》を殺《ころ》すとか。これはだれが見《み》ても悪《わる》いことだということがわかる」

「うん」

二人同時《ふたりどうじ》にうなずいた。

「それに対《たい》して、見《み》えない悪《あく》とは、悪《わる》いことはたしかに悪《わる》いのだが、だれが真犯人《しんはんにん》かわからない悪《あく》だ」

「わかんない」

英治《えいじ》は首《くび》をふった。

「会社《かいしゃ》ぐるみの犯罪《はんざい》なんてのがそうだな。担当者《たんとうしゃ》は係長《かかりちょう》の命令《めいれい》でやる。係長《かかりちょう》は課長《かちょう》の、課長《かちょう》は部長《ぶちょう》の、部長《ぶちょう》は取締役《とりしまりやく》の……。そこまで来《く》ると、だれが命令《めいれい》したのかわからなくなってくる」

「上《うえ》の人《ひと》をかばってるんじゃない？」

英治《えいじ》は父親《ちちおや》がサラリーマンだから、なんとなくその気持《きも》ちはわかる。

「それもあるが、そのほかに忖度《そんたく》というやつがある。つまりはっきりと命令《めいれい》はしないのだが、その心《こころ》を察《さっ》してやるというものだ」

「変《へん》なの」

「変《へん》だが、日本《にほん》の会社《かいしゃ》では日常的《にちじょうてき》に行《おこな》われ、そういう上役《うわやく》の意図《いと》を先取《さきど》りして動《うご》く人間《にんげん》が出世《しゅっせ》する」

「へえ、会社《かいしゃ》ってそういうもの」

「だから事件《じけん》が起《お》きると、いちばん末端《まったん》の社員《しゃいん》は捕《つか》まるが、社長《しゃちょう》が捕《つか》まるということはほとんどない」

「会社《かいしゃ》が悪《わる》いことしてるなら、会社《かいしゃ》を捕《つか》まえちゃえばいいのに」

「それができればいいんだが、できないから、個人《こじん》は犠牲《ぎせい》になっても、社長《しゃちょう》が代《か》わっても、会社《かいしゃ》は残《のこ》るということになる」

「そんなのずるいよ」

「こういうのを構造的悪《こうぞうてきあく》というのだが、おれは、そういう事件《じけん》ばかり追《お》いかけるから、いま言《い》った竜頭《りゅうとう》蛇尾《だび》になるんだ」

「そういうことなら、矢場《やば》さんを尊敬《そんけい》するよ」

「ありがとう。そう言《い》ってくれるのは、きみたちだけだ。ところで、為朝《ためとも》さんのくわしい話《はなし》を教《おし》えてくれ」

矢場《やば》は、突然職業的《とつぜんしょくぎょうてき》な口調《くちょう》に変《か》わった。

「為朝《ためとも》さんが仮釈放《かりしゃくほう》で戻《もど》ってきたので、二人《ふたり》で永楽荘《えいらくそう》に行《い》ったんだ。そうしたらおどろくような話《はなし》を聞《き》かせてやると言《い》った」

相原《あいはら》が英治《えいじ》の顔《かお》を見《み》たのでうなずいた。矢場《やば》はノートを出《だ》してメモをはじめた。

「ぼくらは、すぐおどろくような話《はなし》を聞《き》かせてくれると思《おも》ったんだけど、あすだと言《い》うんで、がっかりして帰《かえ》ってきた。それがその日《ひ》の出来事《できごと》」

「わかった。その翌日《よくじつ》ルミから電話《でんわ》があって、お父《とう》さんは電話《でんわ》で呼《よ》びだされて出《で》かけたから会《あ》えないと言《い》った」

「そう。それから一週間《しゅうかん》たっても連絡《れんらく》なし。これはおかしいと思《おも》ったから矢場《やば》さんに電話《でんわ》したわけ」

「よく電話《でんわ》してくれた。実《じつ》はおれ、例《れい》の名画《めいが》のこと調《しら》べてるんだ」

「名画《めいが》って、インチキ・マフィアとインチキ名画《めいが》のこと？」（編集部注《へんしゅうぶちゅう》　まだ読《よ》んでいない人《ひと》は、『ぼくらの㊙学園祭《まるひがくえんさい》』を読《よ》んでね）

「そうだ」

「まだやってんの？　しつこいね」

英治《えいじ》はあきれた。

「あの事件《じけん》はまだ、ぜんぜん解決《かいけつ》してない」

「大沢司《おおさわつかさ》ってやつ、まだ捕《つか》まってないの？」

「捕《つか》まってない。捕《つか》まるとまずいことが起《お》きるんで、かくまっているんだ」

「まずいことが起《お》きるというのは愛美術館《あいびじゅつかん》のこと？」

相原《あいはら》の目《め》が光《ひか》った。

「愛美術館《あいびじゅつかん》というよりは、そのオーナーの愛川要蔵《あいかわようぞう》だ」

「例《れい》の大金持《おおがねも》ちだね」

「そうか、大沢《おおさわ》が捕《つか》まったらインチキがばれちゃうもんね。ところで、それと為朝《ためとも》さんとどういう関係《かんけい》があるの？」

英治《えいじ》がきいた。

「為朝《ためとも》さんは、おどろくような話《はなし》を聞《き》かせてやると言《い》っただろう？」

「うん」

二人一緒《ふたりいっしょ》に頭《あたま》を下《さ》げた。

「そのおどろくような話《はなし》とは、大沢《おおさわ》の話《はなし》ではないかと思《おも》うんだ」

「え？　どうしてそうなるの？」

相原《あいはら》が首《くび》をかしげた。

「おれは大沢《おおさわ》の周辺《しゅうへん》の人物《じんぶつ》、といってもどろぼう仲間《なかま》だが、そいつらを追《お》いかけているうちに、大沢《おおさわ》の仲間《なかま》の一人《ひとり》が刑務所《けいむしょ》に入《はい》っているということを突《つ》きとめたんだ」

「もしかして、そいつ為朝《ためとも》さんと同《おな》じ部屋《へや》にいたんじゃ……？」

「そうなんだ。同室《どうしつ》なんだ」

「そいつに会《あ》った？」

「いや、まだ会《あ》ってないが、二月下旬《がつげじゅん》には出所《しゅっしょ》する」

「そいつ、なんていう名前《なまえ》？」

「市川正夫《いちかわまさお》という名前《なまえ》だ。ついでに大沢《おおさわ》の戸籍上《こせきじょう》の本名《ほんみょう》は台所清《だいどころきよし》というんだ」

「台所《だいどころ》？　そんな苗字《みょうじ》あるんだ？」

二人《ふたり》は思《おも》わず吹《ふ》きだしてしまった。

「ある。警視庁《けいしちょう》で見《み》せてもらったからたしかだ」

「台所《だいどころ》が清潔《せいけつ》ってわけか。悪《わる》い名前《なまえ》じゃねえぜ。大沢司《おおさわつかさ》よりいいよ」

相原《あいはら》はしきりに感心《かんしん》している。

「台所《だいどころ》と市川《いちかわ》は、二人《ふたり》で組《く》んで何度《なんど》も盗《ぬす》みをやっている。しかし、捕《つか》まるのはいつも市川《いちかわ》で、台所《だいどころ》のほうは一度《ど》しかない。用心深《ようじんぶか》い男《おとこ》なのだ」

「すると、為朝《ためとも》さんがいなくなったのは、どう解釈《かいしゃく》すればいいの？」

「市川《いちかわ》は、為朝《ためとも》さんに台所《だいどころ》のことを話《はな》したのではないかと思《おも》う。そのことがわかったので、為朝《ためとも》さんは隔離《かくり》されたのではないか？　もっともこれは最悪《さいあく》の予測《よそく》だが」

矢場《やば》の表情《ひょうじょう》は暗《くら》い。

「隔離《かくり》ってどういうこと？」

「他人《たにん》に会《あ》わせないことだ」

「じゃあ、監禁《かんきん》じゃないか」

「そう言《い》ってもいい」

「それはないよ。いま刑務所《けいむしょ》からやっと釈放《しゃくほう》されたばかりだっていうのに」

相原《あいはら》は、声《こえ》をふるわせてどなった。

「いつまで監禁《かんきん》されるの？」

英治《えいじ》がきいた。

「さあ、いつまでか。このまま永久《えいきゅう》かもしれん」

矢場《やば》の声《こえ》が小《ちい》さくなった。

「永久《えいきゅう》っていうことは、殺《ころ》されるってこと？」

「そうかもしれん」

「そんなのんきなことは言《い》ってられないぜ。為朝《ためとも》さんを助《たす》けよう。矢場《やば》さん、なんとか力《ちから》になってください」

相原《あいはら》は、矢場《やば》にすがりつくように言《い》う。こんな相原《あいはら》を見《み》るのは、英治《えいじ》もはじめての経験《けいけん》だった。

「できるだけのことはする。さしあたっては、二月下旬《がつげじゅん》の市川《いちかわ》の釈放《しゃくほう》だ。そのときは、きっとやつらも来《き》ているにちがいない」

「やつらの手《て》にわたさなければいいんだ」

「どうやってやる？」

英治《えいじ》は相原《あいはら》の顔《かお》を見《み》た。

「わかんない。しかしやるしかない」

「そうだな。ルミを孤児《こじ》にさせるわけにいかねえもんな」

英治《えいじ》は、相原《あいはら》の出《だ》した手《て》を力《ちから》いっぱいにぎりしめた。

温《あたた》かさが伝《つた》わってくるにつれ、戦《たたか》いがふたたびやってくるという予感《よかん》で、体《からだ》が硬《かた》くなった。

4

「ねえ、試験《しけん》が終《お》わったら思《おも》い出旅行《でりょこう》をしようよ」

久美子《くみこ》が言《い》うと、ひとみ、純子《じゅんこ》、佐織《さおり》の三人《にん》がのってきた。

「公立《こうりつ》の試験《しけん》は二月《がつ》二十五日《にち》に終《お》わるから、その次《つぎ》の土曜日《どようび》に行《い》こう」

純子《じゅんこ》が言《い》った。公立《こうりつ》は純子《じゅんこ》と佐織《さおり》で、久美子《くみこ》の発表《はっぴょう》はもうすぐ。ひとみだけ一足早《ひとあしはや》く決《き》まってしまった。

公立《こうりつ》を受《う》ける連中《れんちゅう》も、みんな実力相応《じつりょくそうおう》のところを受験《じゅけん》しているので、受験《じゅけん》についてはそれほど心配《しんぱい》はしていない。

ひとみも受験《じゅけん》の直前《ちょくぜん》には、口頭試問《こうとうしもん》でひっかかりそうなので、さかんに聖書《せいしょ》を読《よ》んでいた。

「聖書《せいしょ》っておもしろい？」

純子《じゅんこ》がのぞきこんできいた。

「おもしろくない」

「ねえ、うちがクリスチャンでなくても、その学校《がっこう》入《はい》れるの？」

「真言宗《しんごんしゅう》でも入《はい》ってる人《ひと》いるから、だいじょうぶでしょう」

「ひとみ、そこに入《はい》ったら結婚《けっこん》しないつもり？」

「まさか」

そんなことを言《い》い合《あ》っていたが、ひとみは、なんとなく聖《せい》フランチェスコ学園《がくえん》に入《はい》ってしまった。

「ねえ、菊地《きくち》くんがね」

純子《じゅんこ》がひとみに話《はな》しかけた。

「どうして急《きゅう》に菊地《きくち》くんって言《い》うのよ」

「ひとみ、気《き》をまわしてる」

純子《じゅんこ》は、手《て》をたたいてはやした。

「何《なに》よ？　わたしはなんにもないいんだから」

ひとみがふくれた。

「菊地《きくち》くんが歌《うた》を作《つく》ったのよ」

「ひとみに？」

佐織《さおり》がきいた。

「だとおもしろいんだけど、ちがう。卒業式《そつぎょうしき》の歌《うた》よ」

「どんな歌《うた》？」

「仰《あお》げば尊《とうと》しの替《か》え歌《うた》」

「どうせ菊地《きくち》くんのことだから、変《へん》な歌《うた》でしょう」

「ううん、とってもいい歌《うた》。絶対泣《ぜったいな》いちゃうよ。歌《うた》ってあげようか」

純子《じゅんこ》が言《い》うと、三人《にん》が、「歌《うた》って、歌《うた》って」とせがんだ。

「へはげれば尊《とうと》しわが師《し》の頭《あたま》」

「何《なに》よ、それ」

「黙《だま》って聞《き》いて。きっと泣《な》けるから」

純子《じゅんこ》はあとをつづけた。

三人《にん》とも腹《はら》を押《お》さえ、涙《なみだ》を流《なが》しながら笑《わら》いころげた。

「やっぱり泣《な》けたでしょう」

純子《じゅんこ》は、けろりとした顔《かお》で言《い》う。

「やだあ、男子《だんし》はほんとにそれを歌《うた》うつもり？」

ひとみが涙《なみだ》をふきながら言《い》った。

「歌《うた》うつもりよ。だから、卒業式《そつぎょうしき》には、仰《あお》げば尊《とうと》しがいいって言《い》ってるでしょう」

「あんなくさい歌《うた》を、どうしてって思《おも》ったら、そういう魂胆《こんたん》があったのか」

「わたしたちも歌《うた》おうよ」

久美子《くみこ》が言《い》った。

「歌《うた》おう、歌《うた》おう」

三人《にん》はすぐにのってきた。

「校長先生《こうちょうせんせい》がどんな顔《かお》するか見《み》ものだね。きゃあっ。考《かんが》えただけでぞくぞくする」

久美子《くみこ》は、飛《と》びあがってよろこんでいる。

「それはいいんだけど、ルミのお父《とう》さん」

佐織《さおり》がぽつりと言《い》った。

「このあいだ刑務所《けいむしょ》から出《で》てきたんだってね？　永楽荘《えいらくそう》に彼女《かのじょ》と一緒《いっしょ》にいるの？」

純子《じゅんこ》がきいた。

「それが、戻《もど》ってきた翌日《よくじつ》、だれかに呼《よ》びだされて出《で》ていったまま帰《かえ》らないのよ」

「それ、どういうこと？」

久美子《くみこ》は表情《ひょうじょう》をくもらせた。

「どういうことだかわからない。電話《でんわ》もないんで、ルミはすっかり落《お》ちこんじゃってる」

「かわいそう。なんとかしなくていいの？」

ひとみがきいた。

「といって、わたしたちにはどうしようもないしね。毎晩《まいばん》ルミをなぐさめてるだけ」

佐織《さおり》も急《きゅう》に元気《げんき》がなくなった。

「相原《あいはら》くんたちも、このこと知《し》ってるの？」

久美子《くみこ》がきいた。

「知《し》ってるよ。でも、彼《かれ》らもどうにもならないみたい」

「黙《だま》って見《み》てるの？」

「いまは、そうしかないみたい」

「なんとかならないのかなぁ」

久美子《くみこ》は頭《あたま》をかかえこんでしまった。

「わたし、菊地《きくち》くんのところへ電話《でんわ》してみる」

ひとみは、英治《えいじ》にスマホで電話《でんわ》した。

「もしもし、菊地《きくち》くん？」

「ひとみ？」

英治《えいじ》のはずんだ声《こえ》がした。

「ルミちゃんのお父《とう》さんのことだけど、知《し》ってる？」

「ああ、知《し》ってるよ」

「知《し》ってて、何《なに》もしないの？」

「なんだ？　いきなり」

「いきなりも何《なに》もないでしょう。あなたたち口《くち》ではかっこいいこと言《い》いながら、いざとなると何《なに》もしないのね」

「ちょっと待《ま》てよ。おれたちは……」

「弁解《べんかい》はいらない。要《よう》するにあなたたちは意気地《いくじ》なしよ」

「それはないぜ。人《ひと》の話《はなし》も聞《き》かないで」

「話《はなし》なんか聞《き》きたくないわ。あなたにははげ頭《あたま》の歌《うた》がお似合《にあ》いよ。なに、あの下品《げひん》な歌《うた》」

ひとみは、それだけ言《い》って、電話《でんわ》を切《き》ってしまった。

「ひとみってすごい。わたしには、あんなたんか切《き》れないわ」

純子《じゅんこ》が感心《かんしん》して、目《め》を丸《まる》くした。

「相手《あいて》が菊地《きくち》くんだと何《なん》でも言《い》えちゃうの。ほかの人《ひと》ではこうはいかないわよ」

「ああそうですか。でも菊地《きくち》くん、あんなにぽんぽん言《い》われちゃって、いまごろなんと思《おも》ってるかな？

怒《おこ》ってるかもよ」

「怒《おこ》ったっていいわよ。意気地《いくじ》なしなんだから」

ひとみって、菊地《きくち》くんのことをどう思《おも》ってるんだろう。純子《じゅんこ》はそれが気《き》になった。

5

「ひとみ、何《なん》の電話《でんわ》だった？　だいぶやられてたじゃんか」

スマホをポケットに入《い》れる英治《えいじ》に相原《あいはら》が言《い》った。

「いきなり、ルミのお父《とう》さんに何《なに》もしないあなたたちは意気地《いくじ》なしだって。こっちの話《はなし》はぜんぜん聞《き》こうともしないで、自分《じぶん》の言《い》いたいことだけ言《い》って切《き》っちゃった。あいつが、あんなヒステリーだってことはじめて知《し》ったよ」

英治《えいじ》は、いまになって腹《はら》が立《た》ってきた。

「この計画《けいかく》は女子《じょし》には言《い》わないほうがいいと思《おも》うぜ」

「そうなったら、おれたち、意気地《いくじ》なしだって言《い》われほうだいだぜ」

「いいってことよ。女《おんな》に言《い》われてがたがたするな」

安永《やすなが》に背中《せなか》をたたかれて、電話《でんわ》の興奮《こうふん》が少《すこ》しおさまりかけた。

「しかし、腹《はら》が立《た》つよな」

「いいか、この計画《けいかく》を女子《じょし》に話《はな》してみろ、みんなに広《ひろ》がって、敵《てき》にも知《し》られちゃうかもしれない」

相原《あいはら》は、いつものとおり冷静《れいせい》だ。

「敵《てき》はいったいどんなやつなんだ？」

「殺《ころ》し屋《や》かもしれねえぜ」

安永《やすなが》が声《こえ》をつぶして言《い》うと、背中《せなか》がぞくぞくっとする。

「殺《ころ》し屋《や》と戦《たたか》うのか……？」

これまでヤクザとも何度《なんど》か戦《たたか》ったことがある。

しかし、こんどは姿《すがた》が見《み》えないから、どんな準備《じゅんび》をしていいかわからない。

「矢場《やば》さんの話《はなし》によると、市川《いちかわ》の入《はい》っているのは府中《ふちゅう》の刑務所《けいむしょ》らしい」

相原《あいはら》が言《い》った。

「やつら迎《むか》えに出《で》るのかな。お勤《つと》めご苦労《くろう》さんでしたって」

「ヤクザの親分《おやぶん》じゃねえから、ご苦労《くろう》さんとは言《い》わねえよ」

こういうことに関《かん》しては、安永《やすなが》のほうがくわしい。

「だけど、どこかに連《つ》れていくんだから、車《くるま》で来《く》るだろう」

英治《えいじ》は相原《あいはら》の顔《かお》を見《み》た。

「それはまちがいないだろう」

「それじゃ、おれたちはどうすればいい？　こっちの車《くるま》にどうぞと言《い》ったって、来《こ》ないぜ」

「それを考《かんが》えてるんだ」

相原《あいはら》は、腕《うで》を組《く》んで目《め》を閉《と》じた。

「いまちょっとひらめいたんだけど」

「そうか」

相原《あいはら》と安永《やすなが》が英治《えいじ》を見《み》つめた。

「矢場《やば》さんにたのんで、テレビの取材用《しゅざいよう》の車《くるま》をまわしてもらったら？」

「それ、いける！」

相原《あいはら》が膝《ひざ》をたたいた。

「テレビのクルーが来《き》たとなりゃ、やつらも手出《てだ》しはできねえ。そこでインタビューだと言《い》って、無理《むり》やり車《くるま》に押《お》しこんで連《つ》れてきちゃうんだ」

いつものことだが、英治《えいじ》の思《おも》いつきを、相原《あいはら》は具体的《ぐたいてき》な行動計画《こうどうけいかく》に作《つく》りあげる。

「なんとかいけそうだな」

「問題《もんだい》は、どこで市川《いちかわ》をおろすかだ。まさかテレビ局《きょく》まで連《つ》れていくわけにもいかないしな」

「途中《とちゅう》で、やつらの車《くるま》をまけばいいじゃんか」

安永《やすなが》は、こともなげに言《い》う。

「しかし、ぴったりつけられてたらそれもできないぜ」

相原《あいはら》は首《くび》をかしげる。

「瀬川《せがわ》さんに頼《たの》んでポンコツ車《ぐるま》を運転《うんてん》してもらって、やつらの車《くるま》を妨害《ぼうがい》したらいいじゃんか?」

「簡単《かんたん》に言《い》うけど、瀬川《せがわ》さん、だいじょうぶか?」

英治《えいじ》は、瀬川《せがわ》の健康《けんこう》のことがちょっと心配《しんぱい》だった。

「だいじょうぶ。そんなこと言《い》ったら瀬川《せがわ》さん、怒《おこ》るぜ」

「そうか、それなら瀬川《せがわ》さんに頼《たの》もう」

「よし、それで決《き》まりだ」

相原《あいはら》は満足《まんぞく》そうだった。

「あとは、こっちの計画《けいかく》どおりいくかどうかだ」

「そうなんだ。しかし、それを心配《しんぱい》してもしょうがない」

「そのときはそのときさ。それはいいとして、それまで為朝《ためとも》さん生《い》きてるだろうな?」

安永《やすなが》は、英治《えいじ》と相原《あいはら》の表情《ひょうじょう》を探《さぐ》るように見《み》た。

「まだ、だいじょうぶだと思《おも》う」

「おれもそう思《おも》う」

英治《えいじ》は、相原《あいはら》につづけて言《い》ったが、それほど自信《じしん》があるわけではない。自分《じぶん》でそう思《おも》いこもうとしているだけである。

スマホが鳴《な》った。英治《えいじ》がでると、

「もしもし。わたし、純子《じゅんこ》」

という声《こえ》がした。

「なんだ」

「ひとみでなくて悪《わる》かったわね」

「そういうつもりで言《い》ったんじゃないんだ」

英治《えいじ》は弁解《べんかい》した。

「さっき、ひとみからあんなに言《い》われてショックだったでしょう?」

「べつに」

「無理《むり》しちゃって」

「あいつ、ヒステリーだぜ。人《ひと》の話《はなし》はぜんぜん聞《き》こうとしないんだから」

「あれから反省《はんせい》してたわよ。菊地《きくち》くんに悪《わる》いことしちゃったって」

「それなら、自分《じぶん》があやまればいいじゃんか」

「それはできないわよ」

「どうして?」

「ひとみは、わたしとちがってプライドが高《たか》いもん」

「何《なに》がプライドだよ。いい気《き》になるなって言《い》ってくれよ」

「そんなこと言《い》って後悔《こうかい》しない？」

「しないよ」

言《い》ってから、しまったと思《おも》った。

「そう、それなら言《い》うわよ。あと、どうなっても知《し》らないからね」

「ちょっと待《ま》って。純子《じゅんこ》、ひとみに頼《たの》まれておれのところに電話《でんわ》してるのか？」

「べつに頼《たの》まれてなんかいないよ。ただ、菊地《きくち》くんがかわいそうだと思《おも》ったから」

「おれがかわいそうだって。なんにもわかっちゃいないくせに。もう電話《でんわ》切《き》るぜ」

安永《やすなが》が英治《えいじ》のスマホをもぎとると、

「純子《じゅんこ》、いまどこにいる？　……家《いえ》か。じゃあ、あとでおれと相原《あいはら》と菊地《きくち》の三人《にん》でラーメン食《く》いに行《い》くからな」

と言《い》ってスマホを切《き》った。

「おれ、ラーメンなんか食《く》いに行《い》きたくねえよ」

英治《えいじ》は、そっぽを向《む》いて言《い》った。

「おまえが食《く》いたくなけりゃ、おれが食《く》うからいい。ラーメン代《だい》は持《も》ってんだ。この間《あいだ》アルバイト代《だい》もらったからな」

安永《やすなが》は、ポケットを上《うえ》からたたいた。

「なんであいつ、電話《でんわ》なんかかけてくるんだ?」

「わかんねえのか?」

安永《やすなが》は、英治《えいじ》の顔《かお》をのぞきこんだ。

「わかんないよ」

「おまえって、よっぽど鈍感《どんかん》なんだな」

「何《なに》が鈍感《どんかん》なんだよ」

英治《えいじ》は、むっとなって安永《やすなが》をにらんだ。

「純子《じゅんこ》は、おまえが好《す》きだから電話《でんわ》したんだってことが、ぜんぜんわかってねえんだから」

「ええっ」

英治《えいじ》は、思《おも》わず口《くち》をあけたまま、安永《やすなが》を見《み》つめた。

「純子《じゅんこ》はおまえを好《す》きなんだよ」

安永《やすなが》はもう一度《いちど》言《い》った。

「そんなことないって」

「そんなことある」

「信《しん》じられない。じゃあ、なんでひとみと仲《なか》よくさせようとするんだ？」

英治《えいじ》には、自分《じぶん》が好《す》きだったら、なぜそういう態度《たいど》をするのか、純子《じゅんこ》の気持《きも》ちがまったくわからない。

「わかんなきゃしょうがねえ」

安永《やすなが》はそれきり黙《だま》ってしまった。

——純子《じゅんこ》。

英治《えいじ》はふいに、一年《ねん》の夏《なつ》のことをきのうのことのように思《おも》いだした。あのとき廃工場《はいこうじょう》の中《なか》と外《そと》で、純子《じゅんこ》とトランシーバーでやり合《あ》ったことがあった。

『了解《りょうかい》。菊地《きくち》くんに替《か》わって』

『OK《オーケー》、おい菊地《きくち》、彼女《かのじょ》からだ』

相原《あいはら》は、トランシーバーを英治《えいじ》にわたした。

『もしもし』

『英《えい》ちゃん、元気《げんき》？』

『元気《げんき》さ』

『がんばってね』

『うん』

『じゃあ、バイバイ』

純子《じゅんこ》の明《あか》るい声《こえ》が消《き》えたとき、英治《えいじ》はもっと話《はな》したいと思《おも》った。

あのころは、たしかに純子《じゅんこ》が好《す》きだった。

ところが、いつの間《ま》にかひとみが好《す》きになると、純子《じゅんこ》は前《まえ》のように英《えい》ちゃんと言《い》わなくなった。

しかし、そのことを英治《えいじ》は一度《いちど》も考《かんが》えたことがなかったが、もしかしたら、ひとみを好《す》きになった英《えい》治《じ》のことを、純子《じゅんこ》は悩《なや》んでいたのかもしれない。

態度《たいど》には全然《ぜんぜん》あらわさなかったが。

その純子《じゅんこ》の気持《きも》ちを考《かんが》えると、ひどく悪《わる》いことをしてしまったような気《き》がする。

しかし、いま英治《えいじ》はひとみが好《す》きなのだ。

これはどうしようもないことだ。

安永《やすなが》は、英治《えいじ》にどうしろというのだ？

6

三人《にん》が相原《あいはら》の家《いえ》を出《で》たところで、宇野《うの》とばったり出会《であ》った。

「いま相原《あいはら》んちへ行《い》くところだったんだ」

宇野《うの》は、妙《みょう》に慌《あわ》てて言《い》った。

「じゃあちょうどいい。いまから来々軒《らいらいけん》にラーメン食《く》いに行《い》くところだから一緒《いっしょ》に来《こ》いよ」

安永《やすなが》が言《い》うと宇野《うの》は、

「おれ、あんまり腹《はら》へってないんだ」

と、やせた腹《はら》をなでながら言《い》った。

「腹《はら》へってなけりゃ、水飲《みずの》んでりゃいいから来《こ》いよ」

安永《やすなが》にそう言《い》われて、宇野《うの》はしぶしぶといった感《かん》じでついてきた。

「おれに用事《ようじ》ってなんだ?」

相原《あいはら》は、首《くび》をうなだれている宇野《うの》に、振《ふ》りかえってきいた。

「うん、ちょっと……」

「話《はな》せよ。おれたちが聞《き》いて悪《わる》いことなら遠慮《えんりょ》するぜ」

安永《やすなが》は、一年《ねん》のときからそうだが、宇野《うの》に対《たい》するときは、威圧《いあつ》するような態度《たいど》になる。

「みんなにも聞《き》いてもらったほうがいいんだ」

宇野《うの》は顔《かお》をあげた。それから肩《かた》で大《おお》きく息《いき》をして、

「この間《あいだ》、おれんちのおふくろ学校《がっこう》に行《い》ったんだ」

「知《し》ってるよ。サッカー部《ぶ》の連中《れんちゅう》が見《み》たってさ」

「そうか」

「何《なに》しに行《い》ったんだ？」

安永《やすなが》がきいた。

まるで犯人《はんにん》を尋問《じんもん》するみたいに高圧的《こうあつてき》な言《い》い方《かた》である。

聞《き》いている英治《えいじ》のほうがはらはらした。

「先生《せんせい》に呼《よ》ばれて行《い》ったんだ」

「受験《じゅけん》のことか？」

「うん。M《エム》高《こう》に入《はい》りたかったら、学校《がっこう》に協力《きょうりょく》しろと言《い》われた」

また何《なに》か言《い》いかける安永《やすなが》の腕《うで》を、相原《あいはら》が引《ひ》っぱった。

「だれに言《い》われたんだ」

「教頭《きょうとう》の谷沢《やざわ》と長井《ながい》だ」

「どういう協力《きょうりょく》だ？」

「卒業式《そつぎょうしき》に何《なに》かやるんだったら、前《まえ》もって教《おし》えろって」

「そうか、だからおまえのおふくろがおれんちに電話《でんわ》してきたんだな」

英治《えいじ》は、なんとなく気《き》になっていた、宇野《うの》の母親《ははおや》の電話《でんわ》の意味《いみ》がやっとわかった。

「おれはもちろん、おふくろと先生《せんせい》の取《と》り引《ひ》きなんて知《し》らなかった」

「そうだろう」

相原《あいはら》が大《おお》きくうなずいた。

「おふくろはその日《ひ》、家《いえ》に帰《かえ》ると、すごく上機嫌《じょうきげん》だった。どうしてってきいたけど、おふくろは何《なに》も言《い》わなかった」

宇野《うの》の言《い》うとおりだろうと英治《えいじ》も思《おも》った。

「それから、卒業式《そつぎょうしき》に何《なに》かやるってうわさがあるけど、そんな計画《けいかく》があるのってきいたから、おれは別《べつ》にないよと答《こた》えた」

「そんな計画《けいかく》あるわけないもんな」

英治《えいじ》が言《い》った。

「だけど、おふくろは信用《しんよう》しないんだ。あなたは知《し》らないけどきっとやる。相原《あいはら》くんにきいてみなさいって」

「そういえば、おまえきいたよな」

相原《あいはら》が思《おも》いだしたように言《い》った。

「相原《あいはら》にきいてもやらないって言《い》ってるって言《い》うと、おふくろはどうしてもきいてこいと言《い》うんだ。そこまで言《い》われると、おれもおかしいと感《かん》じた」

「あたりまえだ。だれだってそう思《おも》うぜ」

「そこでおふくろに理由《りゆう》をきいたんだ。そうしたら……」

「先生《せんせい》と取《と》り引《ひ》きしたと言《い》ったのか?」

相原《あいはら》がきいた。

「そうなんだ。だからおれは、そんなきたないまねして、M《エム》高《こう》に入《はい》りたくないと言《い》ってやった」

「えらいぞ、シマリス」

安永《やすなが》が手《て》をたたいた。

「それから、おふくろはなんて言《い》った?」

「頼《たの》むから、そんなこと言《い》わないで協力《きょうりょく》してちょうだいって泣《な》くんだ」

「そうだろう。おまえのおふくろはただものじゃねえからな」

「いくら、ないものはないと言《い》っても信用《しんよう》しないんだ」

英治《えいじ》は、おかしくなって笑《わら》いだしてしまった。

「笑《わら》いごとじゃないぜ。おれにとっちゃ深刻《しんこく》なんだ」

「わるかった。そこでどうしろっていうんだ?」

「卒業式《そつぎょうしき》に何《なに》かやるっていううわさを打《う》ち消《け》してほしいんだ」

「宇野《うの》、じつを言《い》うと、おれたちはでかいことをやるんだ」

いきなり相原《あいはら》がとんでもないことを言《い》いだしたので、安永《やすなが》も英治《えいじ》も宇野《うの》も、唖然《あぜん》として相原《あいはら》の顔《かお》を見《み》つめた。

「ほんとか？　相原《あいはら》。おれは、おまえがそう言《い》いだすのを待《ま》ってたんだ」

安永《やすなが》は拳《こぶし》をにぎりしめている。

「やる。帰《かえ》ったらおふくろにこう言《い》え。相原《あいはら》たちは、卒業式《そつぎょうしき》に学校《がっこう》がひっくり返《かえ》るようなでかいことをやる計画《けいかく》だって」

「そんなこと、言《い》っていいのか？　先生《せんせい》に知《し》られちゃうぜ」

宇野《うの》は、相原《あいはら》の顔《かお》をじっと見《み》つめた。

「先生《せんせい》に知《し》ってもらうのがこっちの目的《もくてき》なんだ。そうすりゃ、おまえM《エム》高《こう》に入《はい》れるだろう？」

「それはそうだけど、そのかわりやったみんなは高校《こうこう》に行《い》けなくなる。それはできないよ」

「まあ、まかしとけって。おれが一人《ひとり》でやるから。おれなら高校《こうこう》に行《い》くわけじゃねえんだから、どうなったってへっちゃらだ」

「安永《やすなが》、それはだめだって言《い》ったろう」

相原《あいはら》が言《い》った。

「どうして？」

「おまえがやるとわかったら、卒業式《そつぎょうしき》の日《ひ》、おまえは学校《がっこう》に入《い》れてもらえないぞ」

「そんなバカなことがあるのか？　おれは卒業生《そつぎょうせい》だぞ」

安永《やすなが》がいきり立《た》った。

「いくら卒業生《そつぎょうせい》だって、卒業式《そつぎょうしき》をめちゃめちゃにするとにらんだら、そのくらいのことはやるさ」

「ちくしょう。じゃあ、どうすればいいんだ？」

「安永《やすなが》はおとなしくしてろ」

「そんなこと、できるわけねえだろう」

安永《やすなが》は、あたりかまわずどなりちらした。

「もういいよ。そんなに無理《むり》してやってくれなくても」

宇野《うの》が消《き》えいりそうな声《こえ》で言《い》った。

「宇野《うの》、おれたちはおまえを信《しん》じる。だから、おまえも、おれたちを信《しん》じろ」

相原《あいはら》は、宇野《うの》の目《め》を見《み》て言《い》った。

「おれは、仲間《なかま》を裏切《うらぎ》ったことはないぜ」

「わかってる。では、ほんとうのことを言《い》うが、おれたちは卒業式《そつぎょうしき》には何《なに》もやらない」

「え？」

宇野《うの》があっけにとられて相原《あいはら》を見《み》た。

「しかし、おまえはやるとおふくろに言《い》え。どんな計画《けいかく》かはあとで言《い》う」

「でたらめを言《い》うのか？」

「そうだ。向《む》こうがきたない手《て》をつかって取《と》り引《ひ》きしようというなら、こっちもそれにのっかってＭ高《エムこう》に入《はい》っちゃえ」

「そんな……」

「いいから。敵《てき》の裏《うら》をかくのも戦略《せんりゃく》だ。とにかく、おまえが情報《じょうほう》を流《なが》せば入《い》れてくれるというなら流《なが》してやれよ。情報《じょうほう》なんだから、あとで変更《へんこう》しても文句《もんく》を言《い》われるわけはない」

「相原《あいはら》、おまえってすごいこと考《かんが》えるんだなあ」

宇野《うの》は、あきれたように相原《あいはら》を見《み》つめている。

「卒業式《そつぎょうしき》に何《なに》かやると思《おも》って用意《ようい》してたら何《なに》もなかった。そうなりゃけっこうなことじゃないか。やつらはウハウハだぜ」

「そうかもな」

宇野《うの》は、うれしいとも悲《かな》しいともわからぬ複雑《ふくざつ》な表情《ひょうじょう》をした。

「なんだ、やらねえのか。ぬかよろこびさせやがって」

安永《やすなが》が派手《はで》に嘆《なげ》いた。

「おれは、卒業式《そつぎょうしき》にはやらないと言《い》っただけだぜ」

相原《あいはら》が冷静《れいせい》な口調《くちょう》で言《い》った。

「そうか。じゃあやるんだな?」

安永《やすなが》の顔《かお》が見《み》る間《ま》によろこびであふれた。

相原《あいはら》がうなずいた。

安永《やすなが》は相原《あいはら》の手《て》をしっかりとにぎった。

「そのときは、おれも仲間《なかま》に入《い》れてくれよな」

宇野《うの》が言《い》った。

「あたりまえだ。だからそれまでおとなしくしてろ」

安永《やすなが》が宇野《うの》の背中《せなか》を思《おも》いきりたたいた。

7

来々軒《らいらいけん》に行《い》くと、ひとみと久美子《くみこ》と佐織《さおり》が来《き》ていた。

「なんだ、みんな来《き》てたのか?」

安永《やすなが》は、ちょっと困《こま》った顔《かお》をした。

「わたしたちがいちゃわるいの?」

久美子《くみこ》が突《つ》っかかった。

「いや、そうじゃないんだけど、みんなにおごるほど、おれ金持《かねも》ってねえんだ」

「なんだ、そんなこと。きょうはわたしのおごりよ。アルバイト代《だい》から引《ひ》くからいいよ」

純子《じゅんこ》が言《い》ったとたん、安永《やすなが》の顔《かお》がゆるんだ。

「よかった。おれ、みんなの顔見《かおみ》たとたん、一瞬冷《いっしゅんひ》やっとしたぜ」

安永《やすなが》が胸《むね》をなでると、みんながどっと笑《わら》った。

「純子《じゅんこ》がみんなを呼《よ》んだのか？」

相原《あいはら》がきいた。

「そう。ひとみと菊地《きくち》くんを仲直《なかなお》りさせようと思《おも》って」

純子《じゅんこ》が言《い》うと、それまでそっぽを向《む》いていたひとみが、英治《えいじ》に向《む》かって、

「さっきは言《い》いすぎちゃってごめん」

と、頭《あたま》を下《さ》げた。

「いいよ」

英治《えいじ》が言《い》うと安永《やすなが》が、

「菊地《きくち》もっと怒《おこ》れ、意気地《いくじ》なしだと言《い》われたんだぞ」

と言《い》った。

「言《い》われたってしょうがないよ。どうせ意気地《いくじ》なしなんだから」

「ひとみ、おれたちは為朝《ためとも》さんを見《み》つけようと、いろいろやってるんだぞ」

「ほんと？」

ひとみの目《め》が、いっぱいに見開《みひら》かれた。

「ほんとさ。菊地《きくち》はひとみに言《い》いたいこと言《い》われても黙《だま》ってた。これが意気地《いくじ》なしかよ」

「なんにも知《し》らなくて、すみませんでした」

安永《やすなが》に言《い》われて、ひとみはまた頭《あたま》を下《さ》げた。

「もうやめてくれよ」

英治《えいじ》ははずかしくて逃《に》げだしたくなった。

「菊地《きくち》くん、やっぱりかっこいい」

純子《じゅんこ》がラーメンを運《はこ》んできて言《い》った。

さっき、安永《やすなが》に言《い》われたので、あらためて純子《じゅんこ》を見《み》ると、いままで見逃《みのが》していたかわいさがある。

「何《なに》じろじろ見《み》てるの？　何《なに》かついてる？」

と、純子《じゅんこ》が言《い》った。

「純子《じゅんこ》がかわいいから見《み》とれてたの？」

安永《やすなが》が言《い》ったとたん、みんなが歓声《かんせい》をあげて拍手《はくしゅ》した。

「安永《やすなが》くんったら、知《し》らない」

ラーメン
チャー飯

純子《じゅんこ》は奥《おく》へ逃《に》げていってしまった。

「そうか、菊地《きくち》くんは純子《じゅんこ》が好《す》きだったのか」

久美子《くみこ》が奥《おく》へ聞《き》こえるような大《おお》きい声《こえ》で言《い》った。

そう言《い》われたとたん、英治《えいじ》の顔《かお》が勝手《かって》に赤《あか》くなった。

「顔《かお》が赤《あか》くなったぞ」

安永《やすなが》がはやしたてた。

「ちがう、ちがうってば」

弁解《べんかい》すればするほど、英治《えいじ》の顔《かお》は赤《あか》くなるばかりだった。

「ちょっと、みんな聞《き》いてくれ」

相原《あいはら》のひとことで、英治《えいじ》は、救《すく》われたと思《おも》った。

「おれたちは卒業式《そつぎょうしき》の日《ひ》、学校《がっこう》がふっ飛《と》ぶようなでっかいことをやるぞ」

「ええっ、ほんと？」

女子《じょし》たちの表情《ひょうじょう》がひきつった。

「それ、本気《ほんき》？」

久美子《くみこ》がきいた。

「うん」

「本気《ほんき》ならわたしたちもやるよ」

久美子《くみこ》が言《い》うのとほとんど同時《どうじ》に、純子《じゅんこ》の母親暁子《ははおやあきこ》が、ころがりこむようにしてやってきた。

「ちょっと、ちょっと。何《なに》よ、あんたたち。また戦争《せんそう》おっぱじめる気《き》?」

「ええ、こんどは中学最後《ちゅうがくさいご》を飾《かざ》る最終戦争《さいしゅうせんそう》です」

安永《やすなが》がぬけぬけと言《い》うと、暁子《あきこ》はすっかり逆上《ぎゃくじょう》してしまった。

「何《なに》が最終戦争《さいしゅうせんそう》だよ。そんなことやったら、みんな高校《こうこう》に行《い》けなくなっちゃうよ。それでいいのかい?」

「お母《かあ》さん、じょうだんですよ、じょうだん」

相原《あいはら》が言《い》ったとたん、暁子《あきこ》は近《ちか》くの椅子《いす》にがっくりと腰《こし》を落《お》とした。

「おどかすんじゃないよ、まったく。もうちょっとで肝《きも》がつぶれるところだったよ」

英治《えいじ》は、その肝《きも》でレバニラいためを作《つく》ったら、と言《い》おうと思《おも》ったが、じょうだんがきついと思《おも》ってやめた。

「この間《あいだ》も宇野《うの》くんのお母《かあ》さんからきかれたのよ。何《なに》かやるってうわさがあるけど、ほんとうかって」

「そんなのデマですよ」

相原《あいはら》が言《い》った。

「デマでも、あんたたちならやりそうだからね」

「おばさん、こんど宇野《うの》のお母《かあ》さんに会《あ》ったら、みんながここでラーメンを食《た》べながら、何《なに》かやるって話《はな》してたって言《い》ってくれませんか」

「私《わたし》は、そんなうそは言《い》えないわよ」

「おねがいです。純子《じゅんこ》も頼《たの》んでくれよ」

英治《えいじ》が言《い》うと純子《じゅんこ》は、

「なんのこと、いったい？」

「理由《りゆう》はあとで話《はな》す。とにかくお母《かあ》さんに頼《たの》んでくれよ。おねがいだ」

英治《えいじ》は純子《じゅんこ》に手《て》を合《あ》わせた。

純子《じゅんこ》は、調理場《ちょうりば》に行《い》きかける暁子《あきこ》の背中《せなか》に声《こえ》をかけた。

「というわけだから、頼《たの》んだわよ」

「こういうわけなんだ」

暁子《あきこ》の姿《すがた》が消《き》えると、相原《あいはら》がこれまでのいきさつを説明《せつめい》した。

「それならそうと言《い》ってくれなくちゃ」

久美子《くみこ》がふくれた。

「理由《りゆう》を言《い》う前《まえ》に来《き》ちゃったんだよ」

「うちのお母《かあ》さん、早耳《はやみみ》だからね」

純子《じゅんこ》は、声《こえ》を殺《ころ》して言《い》った。

「要《よう》するに、わたしたちもやるぞといううわさを流《なが》して、先生《せんせい》を挑発《ちょうはつ》すればいいのね？」

久美子《くみこ》が言《い》った。

「そういうこと。頼《たの》んだぜ」

「いいわよ。そのかわり、あとで絶対《ぜったい》やるって約束《やくそく》してよ」

「約束《やくそく》する」

「よかった。これで心《こころ》おきなく卒業《そつぎょう》できるよ」

久美子《くみこ》は上機嫌《じょうきげん》だった。純子《じゅんこ》はいつも明《あか》るいが、その日《ひ》はいつにもまして明《あか》るかった。

それに引《ひ》きかえ、ひとみだけ元気《げんき》のないのが英治《えいじ》の気《き》にかかった。

もしかしたら、英治《えいじ》は純子《じゅんこ》が好《す》きだとみんなが言《い》ったからだろうか。

たしかに、純子《じゅんこ》は好《す》きだが、ひとみも好《す》きだ。

一度《いちど》に二人《ふたり》の女性《じょせい》を好《す》きになることはいけないことなのだろうか。

これは、大人《おとな》の不倫《ふりん》とはわけがちがうと思《おも》うのだが。

帰《かえ》りに安永《やすなが》にきいてみようか。

安永《やすなが》だったらいい答《こた》えを出《だ》せるかもしれないが、英治《えいじ》には、難《むずか》しすぎる問題《もんだい》だ。

三章《しょう》　先生《せんせい》の髪《かみ》を丸刈《まるが》りに！

1

「どうも、連中《れんちゅう》はたいへんなことを計画《けいかく》しているようです」

教務主任《きょうむしゅにん》の長井《ながい》は、校長《こうちょう》の丸井《まるい》と教頭《きょうとう》の谷沢《やざわ》を等分《とうぶん》に見《み》て言《い》った。

「やっぱりそうか」

丸井《まるい》がうなずいた。

この生徒《せいと》たちによって、これまでに四人《にん》の校長《こうちょう》が辞《や》めさせられている。

自分《じぶん》だけは、と思《おも》っていたのに、やはり来《く》るべきものが来《き》たのか。

そう思《おも》うと、校長室《こうちょうしつ》の暖房《だんぼう》は十分《じゅうぶん》効《き》かせてあるのに、背筋《せすじ》がぞくぞくとしてくる。

「話《はな》してもらいましょうか」

丸井《まるい》は、近《ちか》ごろ血圧《けつあつ》が高《たか》いが、この話《はなし》を聞《き》くと、一挙《いっきょ》にはねあがりそうな予感《よかん》がした。

「連中《れんちゅう》の計画《けいかく》というのは、教師全員《きょうしぜんいん》の頭《あたま》を、卒業式《そつぎょうしき》までに丸刈《まるが》りにしようというものです」

「丸刈《まるが》りに？　すると、私《わたし》は関係《かんけい》ないな」

丸井《まるい》は、毛《け》のない頭《あたま》をつるりとなでた。

「なるほど、こうなりますと、毛《け》のないのがうらやましいです」

「何《なに》がうらやましいものか。私《わたし》は若《わか》いときから、この頭《あたま》で生徒《せいと》たちからどのくらい屈辱《くつじょく》をこうむったかしれませんよ。きみに、この私《わたし》の苦《くる》しさがわかりますか？」

「申《もう》しわけありません、つまらないことを申《もう》しまして」

「長井先生《ながいせんせい》、教師全員《きょうしぜんいん》を丸刈《まるが》りにすると言《い》いますが、どうやってやるつもりですか？」

谷沢《やざわ》が信《しん》じられないという顔《かお》をしている。

「たしかに、おっしゃるように、私《わたし》たちもおめおめと丸刈《まるが》りにされるようなことはいたしません。なんといっても、相手《あいて》は子《こ》どもなんですから」

「監禁《かんきん》でもされれば別《べつ》ですが、教師全員《きょうしぜんいん》が生徒《せいと》に監禁《かんきん》されることもないでしょう」

「そこまでやったら、刑法上《けいほうじょう》の事件《じけん》になりますよ」

「校長先生《こうちょうせんせい》のおっしゃるとおりです。やつらもバカではありませんから、暴力的《ぼうりょくてき》に頭《あたま》を刈《か》るということはしないでしょう」

「では、どうやってやるつもりですか？」

「これは、まだ具体的《ぐたいてき》にはわかりませんが、私《わたし》の推察《すいさつ》するところ、教師全員《きょうしぜんいん》に責任《せきにん》を取《と》らせて、頭《あたま》を丸《まる》めさせるのではないかと思《おも》います」

「教師《きょうし》全員《ぜんいん》の責任《せきにん》？　なんですか、それは？」

「いまのところ、情報《じょうほう》不足《ぶそく》でわかりません」

「どういうことが考《かんが》えられますか？」

丸井《まるい》は矢《や》つぎ早《ばや》に谷沢《やざわ》に質問《しつもん》した。

この谷沢《やざわ》という男《おとこ》、自分《じぶん》は知《し》っているのに、言《い》わないのかもしれない。

一見忠実《いっけんちゅうじつ》に見《み》えるが、腹黒《はらぐろ》い男《おとこ》だということはわかっているから、信用《しんよう》したことは一度《いちど》もない。

「なんでもいいから、思《おも》いつくことをあげてください」

丸井《まるい》は、谷沢《やざわ》の目《め》を見《み》た。谷沢《やざわ》はすぐ目《め》をそらして、長井《ながい》を見《み》ると、

「長井先生《ながいせんせい》、何《なに》か思《おも》いつきませんか？」

と言《い》った。

この男《おとこ》、いつもこういう調子《ちょうし》でうまく立《た》ちまわるのだ。

この男《おとこ》だけは、丸刈《まるが》りにしてやりたい。

「そうですね、たとえば教師《きょうし》の責任《せきにん》で生徒《せいと》に不祥事《ふしょうじ》が起《お》きたとか……」

「教師《きょうし》の責任《せきにん》とはなんですか？　具体的《ぐたいてき》に言《い》ってください」

「教師《きょうし》の暴力《ぼうりょく》です。近《ちか》ごろ若《わか》い先生《せんせい》が、ときどき暴走《ぼうそう》しているようです」

「暴走《ぼうそう》といいますと、生徒《せいと》にけがをさせたことでもあるのですか？」

「あります。そのたびに私《わたし》が手《て》みやげを持《も》って生徒《せいと》の家《いえ》にあやまりに行《い》っております」

「私《わたし》はそういう事実《じじつ》を知《し》りませんよ」

「教頭先生《きょうとうせんせい》にはご報告《ほうこく》しているのですが……」

長井《ながい》は言葉《ことば》を濁《にご》した。

「谷沢先生《やざわせんせい》、そういうことは報告《ほうこく》してもらわないと困《こま》ります。何《なに》かのときに、校長《こうちょう》が知《し》らないではすみませんからね」

丸井《まるい》は、せいいっぱいきつい調子《ちょうし》で言《い》った。

「そういう小《ちい》さなことで、校長先生《こうちょうせんせい》の神経《しんけい》を悩《なや》ませてはと思《おも》いましたので。もちろん、何《なに》かのときは私《わたし》が全責任《ぜんせきにん》を負《お》う覚悟《かくご》でおります」

谷沢《やざわ》は、かっこうのいいことを言《い》った。

「教師《きょうし》の暴力《ぼうりょく》で、もし生徒《せいと》が死《し》んだとなったら、教師全員《きょうしぜんいん》は頭《あたま》を丸《まる》めなければなりませんよ」

「もちろんです。しかし、そこまでやるバカはいないと思《おも》います」

「もちろん殺《ころ》すつもりはないでしょう。しかし、過失《かしつ》ということもあります。卒業式《そつぎょうしき》も近《ちか》づいたことだし、教師《きょうし》の暴力《ぼうりょく》は絶対禁止《ぜったいきんし》してください」

——まったく、最近《さいきん》の若《わか》いやつときたら。

生徒《せいと》のなぐり方《かた》も知《し》らないのだからいやになる。これは、子《こ》どものころのいい子《こ》ちゃんが教師《きょうし》になったので、悪《わる》ガキの処《しょ》し方《かた》を知《し》らないのだ。

生徒《せいと》もそうだが、教師《きょうし》の教育《きょういく》をしなおさなければならない。

「そういたします」

谷沢《やざわ》は深々《ふかぶか》と頭《あたま》を下《さ》げた。これはいんぎん無礼《ぶれい》というやつである。

「いま、ふっと思《おも》ったのですが」

長井《ながい》が頭《あたま》を上《あ》げた。

「どうぞ、なんでもいいから言《い》ってください」

「教師《きょうし》を生徒《せいと》たちが人質《ひとじち》に取《と》り、もし教師《きょうし》全員《ぜんいん》が頭《あたま》を丸《まる》めなければ、解放《かいほう》しないということになったらどうしましょうか？」

「生徒《せいと》が教師《きょうし》を人質《ひとじち》にとって、どこに立《た》てこもるのですか？　もう廃工場《はいこうじょう》はありませんよ。それに高校《こうこう》入学《にゅうがく》の直前《ちょくぜん》です。それはあり得《え》ないでしょう」

丸井《まるい》は頭《あたま》から否定《ひてい》した。

「そうなると、生徒《せいと》の挑発《ちょうはつ》にのって暴力《ぼうりょく》をふるうというのが、いちばん危険《きけん》ということになります」

谷沢《やざわ》は、長井《ながい》をちらと見《み》て言《い》った。

「教頭先生《きょうとうせんせい》、私《わたし》の顔《かお》を見《み》ないでください。私《わたし》はやりませんよ」

「私《わたし》も自重《じちょう》しますからご安心《あんしん》ください」

小島《こじま》は、大《おお》きい体《からだ》を縮《ちぢ》めた。

「これは、彼《かれ》らの願望《がんぼう》だと思《おも》いますが、とにかく、おたがいに自重《じちょう》だけはしましょう。それからみなさん、卒業式《そつぎょうしき》までは生徒《せいと》が多少《たしょう》はめを外《はず》しても、見《み》て見《み》ぬふりをしましょう」

谷沢《やざわ》は、それでいいのか、というふうに丸井《まるい》の顔《かお》を見《み》た。

「卒業式《そつぎょうしき》までです。おたがいのためですからがんばりましょう。それ以外《いがい》にも、不穏《ふおん》な動《うご》きを察知《さっち》したら、どんな小《ちい》さなことでもけっこうですから、私《わたし》の耳《みみ》に入《い》れてください」

丸井《まるい》は、あらためて教師《きょうし》に念《ねん》を押《お》した。

2

「木俣《きまた》、小島《こじま》の態度《たいど》が変《か》わったと思《おも》わないか？」

相原《あいはら》は、校庭《こうてい》でサッカーの練習《れんしゅう》をしている木俣《きまた》にきいた。

「変《か》わりました。いつもだったら、ここに出《で》てきてどなるのに、三日《みっか》ほど前《まえ》からぜんぜん姿《すがた》をあらわさないんです。どうしてですか？」

木俣《きまた》のまわりにサッカー部員《ぶいん》が集《あつ》まってきたが、みんなのびやかな顔《かお》をしている。

「理由《りゆう》があるんだよ」

「どんな理由《りゆう》ですか？」

「それはいまは言《い》えない。しかし、おれたちの卒業《そつぎょう》まで体罰《たいばつ》は絶対《ぜったい》ないから、安心《あんしん》していいぞ」

「やったあ」

一年生《ねんせい》たちが、飛《と》びあがってよろこんでいる。

「それを聞《き》きたかったんだよ」

相原《あいはら》と英治《えいじ》は、「じゃあ、しっかり練習《れんしゅう》しろよ」と、部員《ぶいん》たちに言《い》って校門《こうもん》を出《で》た。

「宇野《うの》のおふくろ、まともに言《い》ったらしいな」

「丸刈《まるが》りをそのまま信《しん》じちゃうんだから、連中《れんちゅう》もあまちゃんだぜ」

英治《えいじ》が笑《わら》いだすと、相原《あいはら》はまじめな顔《かお》で、

「おい、先生《せんせい》の頭《あたま》ほんとうに丸刈《まるが》りにしたら、みんなよろこぶと思《おも》わねえか」

と言《い》った。

「そりゃ、よろこぶけど、そんなことできるか？」

「いまはまだわかんないけど、できるかもしれない。菊地《きくち》も考《かんが》えてくれよ」

「うん」

英治《えいじ》は、卒業式《そつぎょうしき》に丸刈《まるが》りで並《なら》んでいる教師《きょうし》たちの姿《すがた》を想像《そうぞう》した。

とたんに、声《こえ》を立《た》てて笑《わら》ってしまった。

「何《なに》？　楽《たの》しそうに笑《わら》って。いいことあったの？」

うしろから久美子《くみこ》と純子《じゅんこ》が声《こえ》をかけた。

「卒業式《そつぎょうしき》に、先生《せんせい》が丸刈《まるが》りで並《なら》んだら、おもしろいだろうなって考《かんが》えたら、急《きゅう》におかしくなっちゃったんだ」

「変《へん》なこと考《かんが》える人《ひと》、頭《あたま》だいじょうぶ？」

久美子《くみこ》は、英治《えいじ》の顔《かお》を無遠慮《ぶえんりょ》に見《み》つめた。

「このとおりだいじょうぶさ。どうやって丸刈《まるが》りにするかを考《かんが》えてるとこ。入学試験《にゅうがくしけん》の問題《もんだい》より難《むずか》しいぜ」

「そんなのんきなこと言《い》っていいの？」

純子《じゅんこ》が心配《しんぱい》そうに言《い》った。

「へっちゃら、へっちゃら」

「わたし受《う》かったよ」

久美子《くみこ》がだしぬけに言《い》った。

「ほんとか？　ちっともうれしそうな顔《かお》してねえじゃんか？」

「だってＦ高《エフこう》だもん。受《う》かったってうれしくないよ」

「宇野《うの》と柿沼《かきぬま》はどうだ？」

相原《あいはら》がきいた。

「二人《ふたり》とも受《う》かってる」

久美子《くみこ》は、すっかり冷《さ》めている。

「N高《エヌこう》の試験《しけん》どうだった?」

「まあまあだな」

「菊地《きくち》くん、自信《じしん》ありそうな顔《かお》してる」

「そうか?」

英治《えいじ》は純子《じゅんこ》のほうに顔《かお》を向《む》けた。

「その顔《かお》なら受《う》かるよ、きっと」

「こいつは楽天的《らくてんてき》だからな。発表《はっぴょう》まではわかんないぜ」

「相原《あいはら》くんはだいじょうぶでしょう?」

純子《じゅんこ》がきいた。

「相原《あいはら》が落《お》っこちたら、相原進学塾《あいはらしんがくじゅく》はつぶれちゃうぜ」

「そうなんだ、おれには生活《せいかつ》がかかってんだ」

相原《あいはら》は、まじめともじょうだんともつかぬ顔《かお》をした。

「純子《じゅんこ》はどうだった?」

英治《えいじ》がきいた。

「なんとかいけると思《おも》う」

「ほかの連中《れんちゅう》は？」

「そんなに落《お》ちこんだ顔《かお》してた人《ひと》いなかったから、みんな、だいじょうぶなんじゃない」

「そうか、みんな受《う》かるといいな」

「いちばんヤバイのは菊地《きくち》くんじゃない？」

「純子《じゅんこ》言《い》ってくれるぜ。なんだか急《きゅう》に世《よ》の中暗《なかくら》くなってきた」

みんな大笑《おおわら》いになった。

「体育《たいいく》の小島《こじま》がおとなしくなったろう？」

相原《あいはら》がきいた。

「うん、いままでだと、すれちがったときすぐおしりさわったり、いやらしいことするのに、きょうなんか、試験《しけん》だいじょうぶか？　なんてにやついちゃって。なんだか気味《きみ》がわるいよ」

純子《じゅんこ》が言《い》うと久美子《くみこ》も、

「そう、わたしなんかいつもにらまれてたのに、顔合《かおあ》わせたら、こんにちはだって。卒業式《そつぎょうしき》におとしまえつけさせられるとでも思《おも》ってるのかな？」

「そのまえに丸刈《まるが》りにされるのを怖《こわ》がってるのさ」

「丸刈《まるが》り？」

相原《あいはら》は、久美子《くみこ》と純子《じゅんこ》に丸刈《まるが》りの計画《けいかく》を話《はな》して聞《き》かせた。

「それを考《かんが》えて、にやにやしてたの？　でも、先生《せんせい》が全員丸刈《ぜんいんまるが》りになるなんてかっこいい。それやろうよ」

「菊地《きくち》くん、考《かんが》えてよ」

久美子《くみこ》は、すっかり乗《の》ってきた。

「計画《けいかく》としてはおもしろいけれど、いざやるとなると、難《むずか》しいんだ」

純子《じゅんこ》に言《い》われたとたん、ひらめいた。

「相原《あいはら》、こういうのはどうだ？」

「また何《なに》かひらめいたのか？」

相原《あいはら》が英治《えいじ》の顔《かお》を見《み》た。

「うん」

「こいつは天才《てんさい》だからな」

女子《じょし》の前《まえ》でそう言《い》われるのは、わるい気《き》はしない。

「小島《こじま》のところに、ミスターX《エックス》とか言《い》って電話《でんわ》するんだ」

純子《じゅんこ》と久美子《くみこ》が、真剣《しんけん》な目《め》で見《み》つめているので、英治《えいじ》はいい気持《きも》ちになった。

「ミスターX《エックス》ってだれ？」

「天野《あまの》でいい。あいつはものまねがうまいから」

「それで、なんて言《い》うの？」

純子《じゅんこ》は、ママにお話《はなし》をねだる子《こ》どものように、あどけない顔《かお》をしている。

「われわれの言《い》うことを聞《き》かなければ、おまえを人質《ひとじち》に取《と》る」

「言《い》うことって何《なに》？」

「そう、いちいちきくなよ。言《い》うことというのは刑務所《けいむしょ》を出《で》てくる市川《いちかわ》のことだ」

「市川《いちかわ》ってだれのことかわからないよ。ねえ」

純子《じゅんこ》は、久美子《くみこ》と顔《かお》を見合《みあ》わせた。

「そうか、まだ説明《せつめい》してなかったんだ」

英治《えいじ》は、市川《いちかわ》のことを二人《ふたり》に説明《せつめい》した。

「へえ、その市川《いちかわ》ってやつ、いつ府中《ふちゅう》を出《で》てくるの？」

「まだわかんない。決《き》まったら矢場《やば》さんが教《おし》えてくれるはずだ」

「すると、その日《ひ》は敵《てき》も迎《むか》えにくるね？」

「もちろん来《く》るだろう。そのまま連《つ》れていくつもりだろうから」

「そうなると、そこで戦争《せんそう》がはじまるね？」

「そうだ。そこへ小島《こじま》をつかおうと思《おも》うんだ」

「それを菊地《きくち》くんが考《かんが》えたの？」

「そうだよ」

「菊地《きくち》くんって、どういう頭《あたま》してるの？　これじゃ、N高《エヌこう》なんてメじゃないよ」

「純子《じゅんこ》はほめすぎ。それじゃ照《て》れちゃうじゃんか」

「だって、すごいんだもん」

純子《じゅんこ》が、本気《ほんき》でそう思《おも》ってるらしいところがかわいい。

「小島《こじま》をどうつかうかだな」

相原《あいはら》が首《くび》をひねった。

「あいつ、いつも生徒《せいと》に暴力《ぼうりょく》ふるってんだから、こんどは殺《ころ》し屋《や》とデスマッチやらせたら？」

久美子《くみこ》が言《い》うと純子《じゅんこ》が、

「あいつ、やるかな？」

「えらそうなこと言《い》ってるけど、わたしは案外意気地《あんがいいくじ》がないと見《み》た」

「わたし、あいつがこてんぱんにやられるところ見《み》たいのよ」

純子《じゅんこ》は、小島《こじま》がのされた姿《すがた》を想像《そうぞう》したのか、うれしそうに笑《わら》った。

「あいつと殺《ころ》し屋《や》が戦《たたか》っている間《あいだ》に、こっちは市川《いちかわ》を連《つ》れてずらかるか」

相原《あいはら》は英治《えいじ》の顔《かお》を見《み》た。

「それはいいけど、小島《こじま》が逃《に》げちゃったらどうする?」

「そうか。そいつはあるかもな。言《い》ってみりゃ、闘牛《とうぎゅう》みたいなもんだから、こんやあたりからファイトを植《う》えつけるか」

「ファイトを植《う》えつけるってどうするの? まさかステーキ食《た》べさせようってんじゃないだろうね」

久美子《くみこ》が言《い》うと純子《じゅんこ》が、

「ステーキなら、うちのスタミナラーメンのほうが安《やす》くていいよ」

と言《い》った。すぐにこういうことが言《い》えるのは、商売熱心《しょうばいねっしん》な証拠《しょうこ》だ。

「食《く》いものではなくて、精神的《せいしんてき》なものだ。天野《あまの》に電話《でんわ》させて、おまえは戦《たたか》うしか生《い》きる道《みち》はないって、説得《せっとく》するんだ」

「口《くち》で言《い》っただけでそんな気《き》になる?」

純子《じゅんこ》は疑《うたが》わしげだ。

「一度《いちど》ではだめだが、これから毎晩《まいばん》やれば、だんだんその気《き》になるさ。まあ、見《み》ててみろ」

天野《あまの》なら、なんとかやれるかもしれない。英治《えいじ》はそんな気《き》がしてきた。

「わたしたち、ひとみと佐織《さおり》と四人《にん》で、思《おも》い出旅行《でりょこう》をしてきたいんだけどいい?」

久美子《くみこ》がちょっと遠慮《えんりょ》がちにきいた。

「何日《なんにち》も行《い》くのか？」

「泊《と》まるのは一日《にち》だけ」

「一日《にち》なら行《い》ってこいよ」

「何《なに》かあったら中止《ちゅうし》するからね」

「わかったよ。まあ楽《たの》しんできてくれ」

3

「天野《あまの》、小島《こじま》がおれたちに言《い》ったことを、そのままお返《かえ》しすればいいんだ」

「わかったよ。だれの声《こえ》がいい？」

天野《あまの》のまわりを取《と》り囲《かこ》んでいるのは、相原《あいはら》、英治《えいじ》、安永《やすなが》、柿沼《かきぬま》、中尾《なかお》、日比野《ひびの》、佐竹《さたけ》、立石《たていし》、宇野《うの》、谷本《たにもと》の十人《にん》だ。

入学試験《にゅうがくしけん》も終《お》わったので、どの顔《かお》も一様《いちよう》に明《あか》るい。

「ヤクザ映画《えいが》の悪役《あくやく》はどうかな？」

「それがいい」

天野《あまの》は三度《ど》ほど咳《せき》ばらいして、

「さあ、電話《でんわ》してくれ」

と言《い》った。相原《あいはら》が小島《こじま》の自宅《じたく》に電話番号《でんわばんごう》が表示《ひょうじ》されない非通知《ひつうち》の電話《でんわ》をかけた。

「呼《よ》びだし音《おん》が鳴《な》ってるぞ」

相原《あいはら》は受話器《じゅわき》を天野《あまの》にわたした。みんな、天野《あまの》の口《くち》もとに注目《ちゅうもく》している。

スピーカーから受話器《じゅわき》の上《あ》がる音《おと》がした。

『小島《こじま》です』

「出《で》るのがおそい、風呂《ふろ》でも入《はい》ってたのか？」

天野《あまの》の声《こえ》はかなりドスがきいている。三年《ねん》の間《あいだ》にずいぶん進歩《しんぽ》したものだ。

『あんた、だれですか？』

小島《こじま》は警戒《けいかい》してきく。

「あんたとはなんだ。なれなれしい口《くち》をきくんじゃない。まだひよっこのくせに」

「自分《じぶん》がひよっこのくせに、よく言《い》うぜ」

日比野《ひびの》が佐竹《さたけ》の耳《みみ》に口《くち》をつけて言《い》う。

佐竹《さたけ》は必死《ひっし》に笑《わら》いをこらえている。

『いきなり人《ひと》の家《いえ》に電話《でんわ》してきて、失礼《しつれい》じゃないですか。電話番号《でんわばんごう》をおまちがえではないですか？』

「てめえは、中学《ちゅうがく》の体育教師《たいいくきょうし》で、弱《よわ》い者《もの》いじめをしている小島《こじま》だ。そうだろう？」

『たしかに私《わたし》は小島《こじま》です。ところであなたのお名前《なまえ》も聞《き》かせてください』

「小島《こじま》のやつ、けっこう突《つ》っぱるじゃんか」

安永《やすなが》が立石《たていし》に言《い》うと、立石《たていし》がうなずいている。

「おれの名前《なまえ》はだな。関東血桜会《かんとうちざくらかい》の小前田《こまえだ》B《ビー》五郎《ごろう》だ」

もうこらえきれない。とたんに、みんなが吹《ふ》きだした。

天野《あまの》は送話口《そうわぐち》を手《て》で押《お》さえて、「しっ」と指《ゆび》を口《くち》にあてた。

『小前田《こまえだ》さんですか？』

「そうだ、小前田《こまえだ》だ。大前田英五郎《おおまえだえいごろう》はおれの縁筋《えんすじ》にあたる」

「だから、A《エー》じゃなくてB《ビー》なのか。あいつ気《き》づかねえのかな」

安永《やすなが》は、宇野《うの》をわざと笑《わら》わせようとしている。宇《う》野《の》はそれに対《たい》して、顔《かお》を真《ま》っ赤《か》にして耐《た》えている。

『それは失礼《しつれい》をいたしました』

「てめえの命《いのち》、卒業式《そつぎょうしき》までにもらいに行《い》くぜ」

『ええ？』

小島《こじま》は、子《こ》どもみたいな悲鳴《ひめい》をあげた。

「なんだ、ガキみてえな声《こえ》を出《だ》すんじゃねえ」

『はい、でもどうして私《わたし》が命《いのち》を差《さ》しださなくてはならないんですか？』

「小島《こじま》」

『はい』

「てめえ、人身御供《ひとみごくう》を知《し》ってるか？　ヒヒに差《さ》しだす若《わか》い女《おんな》のことだ」

『知《し》ってます』

「てめえは、さしずめその人身御供《ひとみごくう》ってわけだ」

『人身御供《ひとみごくう》なら、うちの学校《がっこう》に女《おんな》の先生《せんせい》がいます』

「だれだ？」

『花井先生《はないせんせい》などはどうでしょうか？』

「あのばばあか？」

『ばばあといっても、まだ四十五歳《さい》の独身《どくしん》です。それに王朝文学《おうちょうぶんがく》の教養《きょうよう》もあります』

「四十五歳《さい》は化石《かせき》だ。それに王朝文学《おうちょうぶんがく》はさしみのつまにもならん。そんなに花井《はない》がいいなら、てめえ結《けっ》婚《こん》したらどうだ？」

『とんでもない、私《わたし》には向《む》きません』

「自分《じぶん》に向《む》いていないものを人《ひと》に紹介《しょうかい》するな。てめえのその心掛《こころが》けがいかん。性根《しょうね》が腐《くさ》っておる」

『はい』

「天野《あまの》、調子《ちょうし》にのってるぜ、おれも先生《せんせい》に一度《いちど》でもいいから、あんなたんか切《き》ってみたいよ」

日比野《ひびの》がうらやましそうに言《い》う。

「とにかく、てめえを人身御供《ひとみごくう》に取《と》ることに決《き》めたんだ。ただし、全教員《ぜんきょういん》が頭《あたま》を丸《まる》めて命乞《いのちご》いをすれば助《たす》けてやらんでもない」

『それは小前田親分《こまえだおやぶん》、あまりに酷《こく》です』

「酷《こく》ではない。てめえに人気《にんき》があれば、みんなが助《たす》けてくれる。赤《あか》と出《で》るか青《あお》と出《で》るか、言《い》ってみりゃ、リトマス試験紙《しけんし》みてえなものよ。どうだ、教養《きょうよう》があるだろう?」

「天野《あまの》、リトマス試験紙《しけんし》を知《し》ってるのか」

柿沼《かきぬま》が感心《かんしん》した。

『もしかして、親分《おやぶん》は大学出《だいがくで》ですか?』

「そうさ、T大工学部《ティーだいこうがくぶ》だ」

『T大《ティーだい》を出《で》て親分《おやぶん》ですか?』

「親分《おやぶん》が大学出《だいがくで》ちゃわるいってのか?」

『いいえ、そんなことはありません。T大《ティーだい》といえば、私《わたし》の出《で》た大学《だいがく》とは天《てん》と地《ち》ほど差《さ》があります』

「てめえの頭《あたま》が空《から》っぽなのは、言《い》わんでもわかっとる」

『すみません』

「理由《りゆう》もなく、ぺこぺこあやまるな。いつも生徒《せいと》にそうさせておるのだろう？」

『はい。ただしそれは教育《きょういく》のためです。近《ちか》ごろのガキにはしつけが必要《ひつよう》ですから』

「何《なに》が教育《きょういく》のためだ。子《こ》どもだからと思《おも》ってなめているのだろう？」

『それもたしかにあります』

「全部《ぜんぶ》がそれだ。正直《しょうじき》に言《い》え」

『はい、全部《ぜんぶ》がそうです』

「よし、正直《しょうじき》なところは気《き》に入《い》った。ところで小島《こじま》」

『はい』

「命《いのち》は惜《お》しいか？」

『もちろん惜《お》しいです』

「では、命《いのち》が助《たす》かる方法《ほうほう》をおしえてやる」

『ほんとうですか？』

小島《こじま》の声《こえ》が変《か》わった。

「おれは、教師《きょうし》とちがってうそはつかん」

『そうでした。申《もう》しわけありません』

「またあやまる。だいたいてめえのあやまり方《かた》には誠意《せいい》が感《かん》じられん」

『はい』

「命《いのち》が助《たす》かりたかったら、おれが指定《してい》する男《おとこ》と戦《たたか》え」

『戦《たたか》うのはいいですが、どういう男《おとこ》ですか？』

「ヤクザだから、けんかは強《つよ》いはずだ」

『それは……』

「なんだ、怖《こわ》いのか？　もし戦《たたか》うのがいやなら死《し》んでもらうしかない。どちらでも好《す》きなほうを選《えら》べ」

『もちろん戦《たたか》います』

「そうか、いい度胸《どきょう》だ。腕《うで》の一本《ぽん》くらいなくすつもりでやれ」

『腕《うで》がなくなるのはいやです』

「それなら、鼻《はな》をそがれるかもしれん」

『もっといやです』

「ぜいたく言《い》うな」

『戦《たたか》う日《ひ》はいつですか？』

「日《ひ》は追《お》って知《し》らせる。それまでよく練習《れんしゅう》しておけ。では」

天野《あまの》は電話《でんわ》を切《き》った。

「台本《だいほん》なしでここまでやれるんだから、天野《あまの》はまちがいなくプロになれると思《おも》う」

安永《やすなが》が言《い》うと、みんなが、「そうだ」と、相《あい》づちをうった。

「だけど、あそこまで脅《おど》すと、小島《こじま》は田舎《いなか》へ逃《に》げ帰《かえ》っちゃうんじゃねえか?」

佐竹《さたけ》が言《い》った。宇野《うの》がつづけて、

「小島《こじま》の田舎《いなか》ってどこだ?」

「たしか、岡山県《おかやまけん》だって言《い》ってたと思《おも》う。あそこには桃太郎《ももたろう》の伝説《でんせつ》があって、おれは日本一《にほんいち》の桃太郎《ももたろう》だって言《い》ってたから」

中尾《なかお》が思《おも》いだした。

「逃《に》げねえように手《て》を打《う》たないとな。そうだ、もし逃《に》げたら、学校中《がっこうじゅう》に弱虫桃太郎《よわむしももたろう》の話《はなし》をばらまくと言《い》ってやったらどうだ」

佐竹《さたけ》が言《い》った。

「よし、あしたの夜《よる》はそれでいくぜ。いいな相原《あいはら》」

天野《あまの》は、相原《あいはら》の顔《かお》を見《み》て言《い》った。

「よし、それで牽制《けんせい》しておこう」

相原《あいはら》がうなずいた。

4

『もしもし、小島《こじま》です。夜分申《やぶんもう》しわけありませんが、緊急《きんきゅう》の事態《じたい》が発生《はっせい》しましたので』

谷沢《やざわ》は、小島《こじま》の声《こえ》がふるえているので、何《なに》が起《お》きたのかと一瞬緊張《いっしゅんきんちょう》した。

「緊急《きんきゅう》の事態《じたい》とはなんですか？」

何《なに》が起《お》きようと、こういうとき、教頭《きょうとう》は落《お》ち着《つ》いて対処《たいしょ》しなければならない。

『例《れい》の丸刈《まるが》り犯《はん》から電話《でんわ》がかかってまいりました』

「丸刈《まるが》り犯《はん》？」

『教師《きょうし》の頭《あたま》を丸刈《まるが》りにすると言《い》ったやつだと思《おも》います』

「落《お》ち着《つ》きなさい。どういう電話《でんわ》があったのですか？」

谷沢《やざわ》は、思《おも》わず舌打《したう》ちしたくなった。

『私《わたし》にヤクザとデスマッチしろと言《い》うのです』

「デスマッチ？」

『殺《ころ》すか殺《ころ》されるか、とにかく戦《たたか》え。もし戦《たたか》わなかったら、私《わたし》を人質《ひとじち》に取《と》る。そうしたら、全教員《ぜんきょういん》が頭《あたま》を丸《まる》めて命乞《いのちご》いをしなければ解放《かいほう》しない。戦《たたか》えば人質《ひとじち》の件《けん》はないものにすると言《い》うのです』

「それは子《こ》どものいたずらじゃないですか？」

『教頭先生《きょうとうせんせい》、ひとごとだと思《おも》って簡単《かんたん》に言《い》わないでください。あの電話《でんわ》は子《こ》どもではありません。正真《しょうしん》正銘《しょうめい》のヤクザです。私《わたし》は命《いのち》がかかっているんですよ』

小島《こじま》は泣《な》き声《ごえ》になった。

「情《なさ》けないことを言《い》うな！　私《わたし》がきみを本校《ほんこう》に呼《よ》んだ理由《りゆう》を言《い》ってみたまえ」

谷沢《やざわ》は頭《あたま》からどなりつけた。こういう男《おとこ》には高圧的《こうあつてき》に言《い》うのが効果《こうか》があるのだ。

『私《わたし》なら何《なに》が起《お》きようと、力《ちから》で生徒《せいと》を押《お》さえつけられますと申《もう》しましたので、採用《さいよう》していただきました』

「そのとおり。幸《さいわ》いこれまで大《たい》した事件《じけん》もなくて、きみの力《ちから》を発揮《はっき》してもらうチャンスもなかった」

『それは先生《せんせい》、少々《しょうしょう》ちがいます。私《わたし》は大火《たいか》になりそうなものを、ぼやのうちに消《け》しとめています。だから学校《がっこう》は平穏《へいおん》なのです』

こいつ、頭《あたま》はわるいくせに、けっこう自分《じぶん》を売《う》りこむではないか。

このちゃっかりしたところが、最近《さいきん》の若者《わかもの》の特徴《とくちょう》なのだ。

「きみが手当《てあ》り次第《しだい》に生徒《せいと》を痛《いた》めつけるものだから、私《わたし》のところに保護者《ほごしゃ》から苦情《くじょう》が来《き》ている。それを処理《しょり》するのは、私《わたし》だということを考《かんが》えたまえ」

『はい、ありがとうございます』

「それで、きみは戦《たたか》わないつもりか？」

『はい、生徒《せいと》が相手《あいて》ならまだしも、相手《あいて》はヤクザだというんでは……』

「そうか、わかった。では、荷物《にもつ》をまとめて、さっさと故郷《こきょう》へ帰《かえ》るがいい。きみのお父《とう》さんには私《わたし》から手紙《てがみ》を書《か》いておく」

『父《ちち》に手紙《てがみ》を書《か》くんですか？』

小島《こじま》の声《こえ》が変《か》わった。

「きみのお父《とう》さんは、私《わたし》に不肖《ふしょう》の息子《むすこ》を頼《たの》むと言《い》われたが、もう頼《たの》まれても引《ひ》きうけるわけにはいかん」

『しかし、教頭先生《きょうとうせんせい》、けんかするのがいやだと言《い》って、クビになった教師《きょうし》がいるでしょうか？』

「よく言《い》ってくれた。私《わたし》がきみのような劣等生《れっとうせい》を教師《きょうし》に迎《むか》えた理由《りゆう》は、まさかのときに用心棒《ようじんぼう》としてつかえると思《おも》ったからだ」

『用心棒《ようじんぼう》ですか……』

「そうだ。その用心棒《ようじんぼう》がいざとなったら逃《に》げだす？　これは質《しつ》の悪《わる》いヤクザ映画《えいが》によくあるやつだ」

『すみません』

「これまで、きみが力《ちから》でねじ伏《ふ》せていた生徒《せいと》たちも、このことがわかったら、みんなでもの笑《わら》いのタネにするだろう。桃太郎《ももたろう》が聞《き》いてあきれる。男《おとこ》だったら命《いのち》を賭《か》けるくらいの勇気《ゆうき》を持《も》て」

『わかりました。一日《にち》だけ時間《じかん》をください。それからこのことは父《ちち》には内緒《ないしょ》にしておいてください』

「それはできん。きみが辞表《じひょう》を書《か》けば、お父《とう》さんに報告《ほうこく》する」

『わかりました。では、お休《やす》みなさい』

受話器《じゅわき》を置《お》いた谷沢《やざわ》は、しばらく興奮《こうふん》がおさまらなかった。

水《みず》を一杯《ぱい》飲《の》んでリビングルームにもどると、家《いえ》に来《き》ていた長井《ながい》が所在《しょざい》なげにたばこをふかしている。

「長井先生《ながいせんせい》、そんなにたばこを吸《す》うと、肺《はい》がんになりますよ」

「そうでした」

長井《ながい》は、慌《あわ》ててたばこをもみ消《け》した。

「だいぶご機嫌《きげん》がわるいようですな」

「あの小島《こじま》のバカからの電話《でんわ》ですよ」

「ほう、なんですか？」

「あいつのところに、ヤクザと戦《たたか》うか、それとも人質《ひとじち》になるか、どちらかを選《えら》べという電話《でんわ》があったらしいです」

「だれからですか？」

「丸刈《まるが》り犯《はん》ですよ」

「丸刈《まるが》り犯《はん》!?」

「それでやつは、その電話《でんわ》に怖《おそ》れおののいて、逃《に》げると言《い》うんです」

「それはまあそうでしょう」

「先生《せんせい》、ずいぶん冷《さ》めてますね」

「私《わたし》は、小島《こじま》という男《おとこ》は見《み》かけ倒《だお》しで、ほんとうは臆病《おくびょう》と見《み》ていました。せいぜい子《こ》ども相手《あいて》がいいところです」

「そこまでおわかりでいながら、いままで黙《だま》っておられたのは、ちょっと……」

谷沢《やざわ》は長井《ながい》にも腹《はら》が立《た》ってきた。

「いや、あれはあれで、生徒《せいと》を脅《おど》かすには役《やく》に立《た》ちましたよ。少《すこ》し良識《りょうしき》のある教師《きょうし》は、あそこまで暴走《ぼうそう》できませんが、やつは無神経《むしんけい》にやりますからね」

「それはバカだからですよ」

「教頭先生《きょうとうせんせい》、いくらなんでもバカはひどいですよ」

「私《わたし》は親代《おやが》わりですからね、それくらい言《い》ってもいいのです。まったく、図体《ずうたい》ばかり大《おお》きくて中身《なかみ》は空《から》っぽ。ああいうのを風船野郎《ふうせんやろう》というんです」

「風船野郎《ふうせんやろう》はいいですなあ」

長井《ながい》は乾《かわ》いた声《こえ》で笑《わら》った。

「こんやはすっかりおじけづいていますが、あすになれば、少《すこ》しは落《お》ち着《つ》くでしょう」

「しかし、ヤクザと戦《たたか》えというのはどういう意味《いみ》でしょうか？」

長井《ながい》が首《くび》をひねった。

「私《わたし》はこの脅迫者《きょうはくしゃ》は異常性格者《いじょうせいかくしゃ》だと思《おも》います。それでなければ、教師《きょうし》の頭《あたま》を丸刈《まるが》りにするなんて考《かんが》えられますか？」

「連中《れんちゅう》のいたずらではないんですか？　教師《きょうし》の頭《あたま》を丸《まる》めるといううわさが流《なが》れていたではないですか」

「私《わたし》も最初《さいしょ》はそう思《おも》いました。しかし、どうもそうでない気《き》がしてきました」

「なぜですか？」

「あの連中《れんちゅう》は、卒業式《そつぎょうしき》にやろうと言《い》っているのです。いまはやりません」

「すると……？」

「子《こ》どもたちのうわさを耳《みみ》にした異常性格者《いじょうせいかくしゃ》という結論《けつろん》に達《たっ》したのです」

「異常性格者《いじょうせいかくしゃ》ですか……」

長井《ながい》は納得《なっとく》していないふうに見《み》える。それが谷沢《やざわ》には気《き》に入《い》らない。

「先生《せんせい》は、ほかにご意見《いけん》がありますか？」

「いえ、べつに……」

長井《ながい》は言葉《ことば》を濁《にご》した。

「問題《もんだい》は、小島《こじま》がヤクザとけんかして死《し》んでしまったという場合《ばあい》です」

「それはないでしょう。人《ひと》を殺《ころ》すなんてことは、めったにできることではありません」

「そうですな、もし死《し》んだらアクシデントですか」

「たしかに、教師《きょうし》がヤクザとけんかして殺《ころ》されたというのは、世間体《せけんてい》がいいものではありませんが、その責任《せきにん》は校長《こうちょう》がとるものですから、われわれには関係《かんけい》ありませんよ」

「そうですな、そういうことです」

谷沢《やざわ》はいくらか気分《きぶん》が楽《らく》になった。

「それより、小島《こじま》を説得《せっとく》してヤクザと戦《たたか》わせることです。へたに逃《に》げられたら、まただれかを人質《ひとじち》に取《と》られて、丸刈《まるが》りにされかねません。そうなったら連中《れんちゅう》の思《おも》うつぼです」

「私《わたし》は、丸刈《まるが》りになるのはいやだ」

「私《わたし》もです。ヤクザとけんかといっても大《たい》したことはないんだ。そこでおまえは男《おとこ》をあげろと言《い》ってやったらどうですか」

「用心棒《ようじんぼう》だなんて言《い》ったのはまずかった」

「そうですよ。それじゃ逃《に》げだしたくもなります。近《ちか》ごろの若《わか》い教師《きょうし》は、子《こ》どもと同《おな》じと思《おも》わなくては、こっちの頭《あたま》がおかしくなります」

「とにかくあの連中《れんちゅう》は何《なに》をしようとしているのか。われわれの想像《そうぞう》を絶《ぜっ》するものであることはまちがいないと思《おも》います」

「まったく、人騒《ひとさわ》がせな生徒《せいと》たちだ。あいつらが卒業《そつぎょう》してくれたら、学校《がっこう》もやっと平和《へいわ》の園《その》になりますよ」

「それまで、おたがいにがんばりましょう」

「先生《せんせい》は私《わたし》の片腕《かたうで》です。おねがいしますよ」

谷沢《やざわ》は、長井《ながい》の手《て》を固《かた》くにぎりしめた。

「先生《せんせい》のためなら、命《いのち》を賭《か》けるつもりです」

こういうことをぬけぬけと言《い》えるところが、長井《ながい》のすごいところである。

谷沢《やざわ》は、この男《おとこ》は使《つか》いようによっては役《やく》に立《た》つ。ただし、用心《ようじん》しないと、足《あし》をすくわれると思《おも》った。

5

「おれ、ふっと考《かんが》えたんだけど、小島《こじま》はおれたちで保護《ほご》してやることにしよう」

「菊地《きくち》、おまえまた何《なに》を考《かんが》えついたんだ?」

相原《あいはら》が、びっくりしたように英治《えいじ》の顔《かお》をのぞきこんだ。

「小島《こじま》ってのは、もともと気《き》が小《ちい》さいから、いくらハッパかけたって、ヤクザとけんかしろと言《い》ったら逃《に》げだすと思《おも》うんだ」

「おれもそう思《おも》う」

安永《やすなが》が言《い》った。

「そうなると作戦《さくせん》を変《か》えなくてはならない。そこで考《かんが》えたのは、ヤクザとけんかしろと言《い》われて、いまごろびびっている小島《こじま》を、おれたちで保護《ほご》してやろうということなんだ」

「そうか、菊地《きくち》の考《かんが》えが読《よ》めてきたぞ。こういうことだろう。先生《せんせい》がヤクザとけんかするなんて、バカなことをやらないで身《み》を隠《かく》せ。そのためにはおれたちが協力《きょうりょく》するって」

相原《あいはら》の目《め》が輝《かがや》いた。

「そうなんだ。そう言《い》えば小島《こじま》はほいほいとのってくる。そこでこんどは、小島《こじま》は捕《つか》まえた。命《いのち》を助《たす》けたかったら、丸刈《まるが》りになれと谷沢《やざわ》に電話《でんわ》する」

とたんに、みんなの拍手《はくしゅ》と歓声《かんせい》がわきあがった。

「菊地《きくち》すげえ！　これで先生《せんせい》の頭《あたま》を丸刈《まるが》りにできるぞ」

「おれたちは小島《こじま》を保護《ほご》してやるんだから、人質《ひとじち》とはちがうよな」

英治《えいじ》は中尾《なかお》にきいてみた。

「まあ、いいんじゃない。窮鳥《きゅうちょう》が懐《ふところ》に入《はい》ってきたんだって言《い》えば」

「キューチョーって何《なん》だ？」

日比野《ひびの》が相原《あいはら》にきいた。

「むかしは、クラスでいちばんよくできるやつが級長《きゅうちょう》になったんだ。いまでいえばクラス委員《いいん》だな。いまは選挙《せんきょ》だから佐織《さおり》と天野《あまの》だけど、むかしなら、律子《りつこ》と中尾《なかお》ってわけだ」

「級長《きゅうちょう》がどうして懐《ふところ》に入《はい》るんだよ？」

「まあいいじゃんか、そんなことはどうでも。さっそく小島《こじま》に電話《でんわ》して、なぐさめてやろうぜ」

「こんどはおれでないほうがいいかな？」

天野《あまの》がみんなの顔《かお》を見《み》わたすと、

「おれがやる」

と、相原《あいはら》が手《て》を挙《あ》げた。

「いまからやるのか？」

英治《えいじ》がきいた。

「うん」

相原《あいはら》は、小島《こじま》の家《いえ》のナンバーをプッシュしはじめた。

「みんな、よく聞《き》いてろよ」

英治《えいじ》は、まわりの顔《かお》を見《み》て言《い》った。

「もしもし、小島先生《こじませんせい》ですか？」

『はい』

学校《がっこう》にいるときの小島《こじま》をとても想像《そうぞう》できないほど落《お》ちこんだ声《こえ》だ。

「相原《あいはら》です」

『なんだきみか？』

「先生《せんせい》ずいぶん元気《げんき》がないですね？　どうかしましたか？」

『何《なに》もない。こんやは鬱《うつ》なんだ』

「当《あ》ててみましょうか、彼女《かのじょ》にふられたんでしょう？」

『おれは、女《おんな》にふられたくらいで、こんなに落《お》ちこまん』

「そうですか、それはよかったです」

『相原《あいはら》、おまえこんなに夜《よる》おそく、何《なん》の用《よう》があって電話《でんわ》してきた？』

「おかしいと思《おも》いますか？」

『おかしい。おまえこそ何《なに》かあったのか？』

「ぼくは何《なに》もありません。ただ知《し》らない男《おとこ》から電話《でんわ》があって、小島先生《こじませんせい》が落《お》ちこんでいるからなぐさめてやれと言《い》われたのです」

『知《し》らない男《おとこ》だと……？』

小島《こじま》の声《こえ》が途切《とぎ》れた。

「どうだ、こんな調子《ちょうし》でいいか？」

相原《あいはら》は、送話口《そうわぐち》を手《て》で押《お》さえて、みんなに向《む》かって言《い》った。

「上出来《じょうでき》だ。これからたっぷりかわいがってやってくれよ」

安永《やすなが》が、笑《わら》いながら言《い》った。

「ええ、ぜんぜん知《し》らない男《おとこ》です」

『名前《なまえ》は言《い》ったか？』

「B5《ビーご》とか鉛筆《えんぴつ》みたいな名前《なまえ》を言《い》いましたが、聞《き》きなおすとおっかないような声《こえ》だったので聞《き》きませんでした」

『そいつは小前田《こまえだ》B五郎《ビーごろう》という親分《おやぶん》だ』

「親分《おやぶん》？　親分《おやぶん》がどうしてぼくのところへ電話《でんわ》してきたんですか？」

『そいつが、おれの腕《うで》を見《み》こんで、もう一方《いっぽう》のヤクザと戦《たたか》わせようとしているのだ』

「それじゃ、小前田《こまえだ》一家《いっか》の助《すけ》っ人《と》っていうわけですね？」

『まあ、そういうことだ』

「助《すけ》っ人《と》だってよ。かっこつけやがって。笑《わら》わせるぜ」

安永《やすなが》が言《い》うと、みんな声《こえ》を抑《おさ》えて笑《わら》いだした。

「先生《せんせい》の名前《なまえ》は、ヤクザの世界《せかい》にも知《し》れわたっているんですか?」

『そうらしい』

「それで先生《せんせい》、助《すけ》っ人《と》を引《ひ》きうけたんですか?」

『やらんわけにはいかんだろうな』

「やめたほうがいいですよ、絶対《ぜったい》に」

『そうかな』

「そうですよ。仮《かり》にも先生《せんせい》がヤクザとけんかしたなんてことが公《おおやけ》になったらどうします? ただではすみませんよ」

『それはわかっている。だから考《かんが》えているんだ』

「断《ことわ》ればいいじゃないですか?」

『それが、断《ことわ》るに断《ことわ》れぬ理由《りゆう》があるのだ』

「聞《き》かせてください。ぼくらで力《ちから》になれることがあったら力《ちから》になりたいんです」

相原《あいはら》は力《ちから》をこめて言《い》う。

『きみたち、おれのことをそんなに思《おも》ってくれているのか?』

「ぼくらはもうすぐ卒業《そつぎょう》です。中学《ちゅうがく》の三年間《ねんかん》、いろいろな先生《せんせい》がいましたが、小島先生《こじませんせい》みたいに印象《いんしょう》に残《のこ》る先生《せんせい》はいませんでした」

『おれは、きみたちをしごいたからな』

「そのときはずいぶん恨《うら》みもしましたが、いまは愛《あい》のむちだったと思《おも》って感謝《かんしゃ》しています」

『そうか、そう思《おも》ってくれるか。教師冥利《きょうしみょうり》につきるなあ』

小島《こじま》は、感《かん》きわまった声《こえ》を出《だ》した。

「先生《せんせい》はわが校《こう》の誇《ほこ》りです。その先生《せんせい》をそこまで追《お》いこむのはだれですか？」

『教頭《きょうとう》だ』

「ああガイコツですか？」

「ガイコツ？」

聞《き》いていた英治《えいじ》は、思《おも》わず吹《ふ》きだしそうになった。みんなも同《おな》じように苦《くる》しそうな顔《かお》をして笑《わら》いをこらえている。

「教頭《きょうとう》が、先生《せんせい》にヤクザとけんかしろと言《い》ったのですか？」

『そうだ』

「そんなこと信《しん》じられません」

『信《しん》じられんだろうが、事実《じじつ》なんだ』

「なぜ、そんな無茶《むちゃ》な命令《めいれい》をしてくるんですか？」

『おれがヤクザと戦《たたか》わないと、全教師《ぜんきょうし》の頭《あたま》を丸刈《まるが》りにしなければならなくなるのだ』

「なんのことだかさっぱりわかりません」

『わからんことはないだろう。きみたちが言《い》いだしたんだ』

「ああ、あれは根《ね》も葉《は》もないデマです。わかりました。きっとそいつが流《なが》したんですよ」

『そういえばそうかもしれん。とにかくおれは人質《ひとじち》に取《と》られるんだ』

「先生《せんせい》はいけにえの羊《ひつじ》というわけですか？」

『おれは羊《ひつじ》ではない』

「こいつ、いけにえの羊《ひつじ》を知《し》らねえぜ」

相原《あいはら》は送話口《そうわぐち》を押《お》さえて言《い》った。

「変《へん》な話《はなし》ですね」

『まったく変《へん》な話《はなし》だ』

「逃《に》げちゃえばいいでしょう」

『おれが逃《に》げれば、ほかのだれかが人質《ひとじち》になる。それに敵《てき》にうしろを見《み》せたとなれば、おれは教師《きょうし》をクビになるのだ』

小島《こじま》が情《なさ》けない声《こえ》を出《だ》した。

「どうしてクビになるのですか？」

『卑怯者《ひきょうもの》だからだ。そうなったらおれは故郷《こきょう》に帰《かえ》るしかないが、故郷《こきょう》には怖《こわ》いおやじがいて、たちまち追《お》い返《かえ》される』

「それは困《こま》ったことですね」

相原《あいはら》はいまにも吹《ふ》きだしそうな顔《かお》をしている。

『困《こま》ったことだ。このままでは、こんや眠《ねむ》れそうもない。おれは睡眠《すいみん》を八時間《じかん》以上《いじょう》取《と》らないと、体《からだ》のぐあいがわるいんだ』

「そういうことなら、先生《せんせい》ぼくらにまかせてください」

『きみらにまかせるって、何《なに》をまかせるんだ』

「先生《せんせい》の身柄《みがら》ですよ。ぼくらがかくまいます」

『それじゃ逃《に》げたことになるんじゃないか？』

「いいえ、逃《に》げたんじゃなくて、ぼくらが先生《せんせい》を守《まも》ったんです」

『しかし、そうなるとヤクザはきみたちを攻《せ》めるかもしれんぞ』

「そんなのへっちゃらですよ。ぼくらは、ヤクザとは何度《なんど》も戦《たたか》っていますから」

『そうか、きみたちはそこまでおれの身《み》を案《あん》じてくれるのか？』

「生徒《せいと》だから、そのくらいのことをやるのは、あたりまえですよ」

「ああ、なんとありがたいことだ」

小島《こじま》は、感激《かんげき》のあまりとうとう泣《な》きだしてしまった。

相原《あいはら》がV《ブイ》サインを出《だ》すと、みんなが、「やったあ」と飛《と》びあがってよろこんだ。

「先生《せんせい》、教頭《きょうとう》にはやることを決心《けっしん》したと言《い》ったほうがいいです」

『わかった。いますぐ電話《でんわ》する』

小島《こじま》が急《きゅう》に元気《げんき》よくなった。

「先生《せんせい》にはぼくらがついているんですからね。力《ちから》を落《お》としちゃだめですよ」

『わかった。きみたちへの恩《おん》は海《うみ》よりも高《たか》く、山《やま》よりも深《ふか》しだ』

「それは海《うみ》よりも深《ふか》く、山《やま》よりも高《たか》しでしょう?」

『そうだ、そうだった』

小島《こじま》は明《あか》るい声《こえ》で笑《わら》いだした。

「では、先生《せんせい》お休《やす》みなさい」

相原《あいはら》が受話器《じゅわき》を置《お》くと、部屋中《へやじゅう》に歓声《かんせい》が満《み》ちあふれた。

「これで、いっちょう上《あ》がりだ。あとは、ヤクザに小島《こじま》が連《つ》れていかれたことにすればいいってわけだ」

相原《あいはら》は、そうだろうという顔《かお》で英治《えいじ》を見《み》た。

「そういうこと」

「これで卒業式《そつぎょうしき》には、全員丸刈《ぜんいんまるが》りで出《で》てくれるってわけか?」

佐竹《さたけ》は天野《あまの》と顔《かお》を見合《みあ》わせた。

「そうだよ。この卒業式《そつぎょうしき》は矢場《やば》さんに撮《と》ってもらう価値《かち》があるぜ。タイトルは、『はげれば尊《とうと》しわが師《し》の恩《おん》』」

全員爆笑《ぜんいんばくしょう》になった。

6

「市川《いちかわ》が府中《ふちゅう》を出《で》る日《ひ》が決《き》まった」

と、矢場《やば》から相原《あいはら》のところへ電話《でんわ》があった。

英治《えいじ》は、学校《がっこう》で相原《あいはら》からそのことを聞《き》かされた。

「いよいよだぜ」

そう言《い》われたとたん、緊張感《きんちょうかん》で全身《ぜんしん》が硬《かた》くなった。

「いつだ？」

「あさっての午後《ごご》四時《じ》。ちょうどうまいことに土曜日《どようび》だ」

「その日《ひ》は、ひとみたち四人《にん》が旅行《りょこう》に行《い》くって言《い》ってた日《ひ》だ。教《おし》えるか？」

英治《えいじ》は、きのうそのことを聞《き》いたばかりだ。

「教《おし》えたら旅行《りょこう》をやめるんだろう？　いいよ言《い》わなくても。べつに彼女《かのじょ》たちの力《ちから》を借《か》りる必要《ひつよう》もない」

「あとで聞《き》いたら怒《おこ》るかもな」

「まあいいさ。彼女《かのじょ》たちには黙《だま》っていよう。どうやるかは、こんやおれんちに矢場《やば》さんが来《く》るから、そのときに決《き》めようぜ」

相原《あいはら》は、四人《にん》の女子《じょし》たちのことはぜんぜん頭《あたま》にないみたいだ。

その夜《よる》、相原《あいはら》の家《いえ》にいつもの連中《れんちゅう》が集《あつ》まったが、ひとみや久美子《くみこ》、純子《じゅんこ》たちがいないのが少《すこ》しさびしかった。

「おれは、いちおう撮影機《さつえいき》を持《も》って出《で》かけるが、社《しゃ》の車《くるま》を使《つか》うわけにはいかないから、いつもの車《くるま》で行《い》く。しかし、連中《れんちゅう》にはそれらしく見《み》えるだろう」

矢場《やば》が言《い》った。

「連中《れんちゅう》は何人《なんにん》くらいで来《き》ますかね？」

相原《あいはら》がきいた。

「せいぜい車《くるま》一台《だい》に、運転手《うんてんしゅ》のほか一人《ひとり》というところだろう。こっちの動《うご》きは知《し》らないはずだから」

「それなら仕事《しごと》はやりやすいぜ」

安永《やすなが》がにやっとした。

「しかし、万一《まんいち》ということもあるから用意《ようい》だけはしといたほうがいい」

矢場《やば》は、さすがに年季《ねんき》が入《はい》っている。

「瀬川《せがわ》さんに頼《たの》むつもりなんだ」

相原《あいはら》が言《い》った。

「瀬川《せがわ》さんに何《なに》を頼《たの》むんだ？」

「瀬川《せがわ》さんのポンコツ車《ぐるま》におれと菊地《きくち》が乗《の》って、やつらの車《くるま》の前《まえ》に出《で》る」

「進路妨害《しんろぼうがい》をしようってわけか？」

「そう。車《くるま》はもうかなりいかれてるから、追突《ついとつ》させてもかまわないって瀬川《せがわ》さんが言《い》ってくれた」

「わざと追突《ついとつ》させるのはやめたほうがいい。むち打《う》ち症《しょう》にでもなったらたいへんだ」

「まあ、そこまではやらないけど、徹底的《てっていてき》に邪魔《じゃま》するからね」

「それもいい案《あん》だが、おれはこう考《かんが》えている。やつらの車《くるま》にわざとつけさせ、ある場所《ばしょ》におびきよせ、そこで待《ま》っていた連中《れんちゅう》でやつらを捕虜《ほりょ》にする。どうだ、この案《あん》は？」

「それいい。やつらを捕虜《ほりょ》にしてぶったたけば、為朝《ためとも》さんのこと吐《は》くかもしれねえぜ」

安永《やすなが》がさんせいした。

「矢場《やば》さん、さえてる」

全員《ぜんいん》が矢場《やば》の案《あん》にさんせいしたので、相原《あいはら》もそれに従《したが》うと言《い》った。

「よし、これで話《はなし》は決《き》まった。じゃあ小島《こじま》に電話《でんわ》しようぜ」

「それはいいけど、だれの家《いえ》で小島《こじま》を預《あず》かる？」

相原《あいはら》が英治《えいじ》の顔《かお》を見《み》た。

「おれんちだったら部屋《へや》はあいてるけど、産婦人科《さんふじんか》だからな」

柿沼《かきぬま》がすまなそうに言《い》った。

「柿沼《かきぬま》んちじゃヤバイぜ。おれんちでいい。ちょうどおやじは大阪《おおさか》に行《い》ってるから」

「じゃあ、菊地《きくち》んちに預《あず》かってもらうことに決《き》めた」

相原《あいはら》は、電話《でんわ》のプッシュボタンを押《お》しながら言《い》った。

「もしもし、小島先生《こじませんせい》ですか？」

『あ、相原《あいはら》か？』

「そうです、こんばんは」

『この前《まえ》、きみに言《い》われたとおりに教頭《きょうとう》に話《はな》したら、たいへんよろこんでいた』

小島《こじま》は元気《げんき》がいい。

「先生《せんせい》、教頭《きょうとう》を信《しん》じちゃだめですよ。あの人《ひと》は、先生《せんせい》を犠牲《ぎせい》にすることくらい、なんとも思《おも》ってない人《ひと》ですから」

『こんどということは、おれもよくわかったよ』

「先生《せんせい》は人《ひと》がいいから人《ひと》をすぐ信用《しんよう》する。あとでだまされて痛《いた》い目《め》を見《み》るのは先生《せんせい》ですからね。気《き》をつけてくださいよ」

『ありがとう』

「ありがとうだって。自分《じぶん》がだまされてるのも知《し》らずに」

柿沼《かきぬま》が小《ちい》さい声《こえ》で言《い》って舌《した》を出《だ》した。

「先生《せんせい》、先生《せんせい》をお預《あず》かりする家《いえ》が決《き》まりました」

『どこだ？』

「菊地《きくち》の家《いえ》です」

「そうか、いつから行《い》ったらいい？」

『あしたの夜《よる》からです。夜《よる》そっと、だれにも見《み》つからないようにアパートを出《で》てください』

「何日厄介《なんにちやっかい》になるのだ？」

『一週間《しゅうかん》ほどです』

「すまんなあ、菊地《きくち》によろしく言《い》ってくれ」

「菊地《きくち》はここにいますから替《か》わります」

相原《あいはら》は受話器《じゅわき》を英治《えいじ》にわたした。

「こんばんは、先生《せんせい》。菊地《きくち》です」

『おお菊地《きくち》か、よろしく頼《たの》むぞ』

「そんな水《みず》くさいこと言《い》わないでくださいよ。ぼくは兄弟《きょうだい》がいないので、大《おお》きい兄貴《あにき》だと思《おも》って待《ま》っています」

『そうか、おれもおまえを弟《おとうと》と思《おも》うぞ』

「じょうだんじゃねえよ。あんなやつが兄貴《あにき》だったら、おれは死《し》ぬぜ」

日比野《ひびの》が、その場《ば》にぶっ倒《たお》れて死《し》ぬまねをした。

その姿《すがた》を見《み》た天野《あまの》が、

「この三年間《ねんかん》、なんとか日比野《ひびの》をやせさせようとしたが、ついにむだな努力《どりょく》になったな。見《み》てくれよこの腹《はら》。豚《とん》カツ百人前《にんまえ》は取《と》れそうだぜ」

と言《い》ったので、みんなが口《くち》を押《お》さえて笑《わら》いだした。

「先生《せんせい》、豚《とん》カツは好《す》きですか？」

電話《でんわ》の脇《わき》で豚《とん》カツという声《こえ》がしたのできいてみた。

『おお、豚《とん》カツは大好《だいす》きだ。特《とく》にロースの厚《あつ》いやつがいい』

「ぜいたく言《い》うじゃねえの。おまえなんかしっぽ

でたくさん」

また、天野《あまの》がみんなを笑《わら》わせた。英治《えいじ》も吹《ふ》きだしたいのを必死《ひっし》にこらえて、

「では、豚《とん》カツは毎晩《まいばん》出《だ》します。そのほかに何《なに》がいいですか？」

『キャベツを山盛《やまも》り、それにみそ汁《しる》もほしいな』

「わかりました。梅干《うめぼ》しとたくわんもサービスでつけます」

『ありがたい。それだけあれば何《なに》も言《い》うことはない』

小島《こじま》は、子《こ》どもみたいによろこんだ。

「ではお待《ま》ちしてます。電話《でんわ》、相原《あいはら》に替《か》わります」

英治《えいじ》は、受話器《じゅわき》を相原《あいはら》にもどした。

「あすの夜《よる》家《いえ》を出《で》るとき、部屋《へや》の中《なか》はめちゃめちゃに荒《あ》らしてください。そこで格闘《かくとう》したみたいに。そうでないと、無理《むり》やり連《つ》れていかれた感《かん》じが出《で》ません」

『わかった』

「では、電灯《でんとう》はつけっぱなしのまま、八時《じ》に家《いえ》を出《で》て菊地《きくち》の家《いえ》に行《い》ってください」

『了解《りょうかい》』

「では、お休《やす》みなさい」

受話器《じゅわき》を置《お》いた相原《あいはら》は、

「こんどはガイコツの家《いえ》だ。天野頼《あまのたの》むぞ」

と言《い》って、谷沢《やざわ》の家《いえ》に非通知《ひつうち》で電話《でんわ》した。

『もしもし谷沢《やざわ》でございます』

奥《おく》さんの声《こえ》だ。

「先生《せんせい》を頼《たの》む、B五郎《ビーごろう》だと言《い》えばわかる」

『はい、少々《しょうしょう》お待《ま》ちくださいませ』

少《すこ》し待《ま》つと、谷沢《やざわ》が電話口《でんわぐち》に出《で》た。

『お待《ま》たせしました。谷沢《やざわ》でございます』

「おまえさんのところの小島《こじま》って野郎《やろう》、やる気《き》がねえんなら連《つ》れていくぜ」

『そのことでしたら、小島《こじま》はやると申《もう》しておりますからご安心《あんしん》ください』

「そうかい、それはよかった」

『そうなると、私《わたくし》どもも髪《かみ》を切《き》らないでもいいということになりますね？』

いつも横柄《おうへい》な谷沢《やざわ》が、みっともないほど下手《したて》に出《で》ている。

「まあ、そういうことになるな」

『ありがとうございます。これで、こんやからぐっすり眠《ねむ》れます』

「また眠《ねむ》れなくなるといけねえから、寝《ね》られるうちに、ぐっすり眠《ねむ》っといたほうがいいぞ」

『はい、そうさせていただきます』

「では、必《かなら》ず約束《やくそく》を守《まも》るように」

天野《あまの》は電話《でんわ》を切《き》った。

「よし、あと残《のこ》った問題《もんだい》は、市川《いちかわ》をどこへ連《つ》れていくかだ」

矢場《やば》がみんなの顔《かお》を見《み》た。

「永楽荘《えいらくそう》がいいと思《おも》う」

英治《えいじ》は、思《おも》いついたまま言《い》った。

「永楽荘《えいらくそう》か……」

「矢場《やば》さん、永楽荘《えいらくそう》がいいよ」

躊躇《ちゅうちょ》している矢場《やば》に、相原《あいはら》が言《い》った。

「そうかな」

「あそこに連《つ》れていけば、こっちのもんだ。市川《いちかわ》ってやつを隠《かく》すところもいくらでもあるし、捕虜《ほりょ》だっておくところはあるぜ」

「そうか、そう考《かんが》えてみるとわるくないな」

「それに、捕虜《ほりょ》にしたら為朝《ためとも》さんの居所《いどころ》を吐《は》かせないとならない」

「そうだ。それがいちばん重要《じゅうよう》なことだ」

矢場《やば》がうなずいた。

「それにはいい方法《ほうほう》があるんだ」

相原《あいはら》は、わかるかという顔《かお》で英治《えいじ》を見《み》た。英治《えいじ》は首《くび》を横《よこ》にふった。

「ほら、永楽荘《えいらくそう》はむかし幽霊《ゆうれい》アパートだったじゃないか」

相原《あいはら》に幽霊《ゆうれい》アパートと言《い》われて、英治《えいじ》は二年半前《ねんはんまえ》のことを思《おも》いだした。

あのとき、永楽荘《えいらくそう》は、もう少《すこ》しでヤクザに奪《うば》われるところだった。

そこで英治《えいじ》たちが死《し》んだ石坂《いしざか》さよに協力《きょうりょく》し、ヤクザを一掃《いっそう》した結果《けっか》、いまの老稚園《ろうちえん》ができ、永楽荘《えいらくそう》が誕生《たんじょう》した。（編集部注《へんしゅうぶちゅう》　まだ読《よ》んでいない人《ひと》は、『ぼくらの天使《てんし》ゲーム』を読《よ》んでね）

思《おも》えば、あれは記念《きねん》すべき戦《たたか》いであった。

そのとき、瀬川《せがわ》も霊能師《れいのうし》として大活躍《だいかつやく》した。

「おれたちも、よくやったよなあ。おれと天野《あまの》でヤクザを釣《つ》っちゃったりしてさ」

宇野《うの》が、いかにも懐《なつ》かしそうな顔《かお》をした。

「あんなおもしろい釣《つ》りははじめてだったぜ」

天野《あまの》も、そのときの様子《ようす》を思《おも》いだしたのか、唇《くちびる》がほころんだ。

「瀬川《せがわ》さんに、もう一度霊能師《いちどれいのうし》になってもらって、捕虜《ほりょ》を尋問《じんもん》するんだ」

相原《あいはら》が言《い》った。

「そうか、瀬川《せがわ》さんならやれそうだな」

矢場《やば》も、相原《あいはら》の意見《いけん》にさんせいした。

「ではそれで決《き》まり。あさってがんばろうぜ」

相原《あいはら》の言葉《ことば》に、みんないっせいに、「おう」と手《て》を上《あ》げた。

四章《しょう》　捕獲大作戦《ほかくだいさくせん》

1

その日《ひ》、瀬川《せがわ》は朝《あさ》の五時《じ》に起《お》きた。べつにこんなに早《はや》くから起《お》きる必要《ひつよう》はないのだが、興奮《こうふん》して目《め》がさめてしまったのだ。

瀬川《せがわ》はめっきり年《とし》を感《かん》じるようになった。

ことしになって、こんどルミの父親救出作戦《ちちおやきゅうしゅつさくせん》に参加《さんか》してくれと言《い》われたときは、一も二もなくOK《オーケー》した。

だから、子《こ》どもたちが、瀬川《せがわ》のことをまだ役《やく》に立《た》つと見《み》てくれることがうれしかった。

けさは、そういうこともあって、気力《きりょく》は十年前《ねんまえ》にもどっている。

きょうの予定《よてい》は府中刑務所《ふちゅうけいむしょ》まで車《くるま》で行《い》き、帰《かえ》ってきたら、敵《てき》を捕虜《ほりょ》にし、霊能者《れいのうしゃ》になって捕虜《ほりょ》を尋問《じんもん》することである。

「それはまかせておけ、絶対吐《ぜったいは》かせてみせる」

と、相原《あいはら》と英治《えいじ》にたんかを切《き》ってみせたが、その自信《じしん》は十分《じゅうぶん》ある。

きょうルミが学校《がっこう》へ出《で》かけるとき、

「お父《とう》さんの居所《いどころ》は絶対《ぜったい》突《つ》きとめてみせるから、安心《あんしん》していい」

と言《い》ってやると、

「おねがいします」

と、ルミが深々《ふかぶか》と頭《あたま》を下《さ》げた。

あの子《こ》はよく働《はたら》き、優《やさ》しくていい子《こ》だ。あの子《こ》だけは、どうしても幸《しあわ》せにしてやりたいと思《おも》っている。

そのためには、まずヤクザを捕虜《ほりょ》にしなければならないが、それは矢場《やば》がついているのでうまくやれるだろう。捕虜《ほりょ》にしたら瀬川《せがわ》が尋問《じんもん》することになっているので、これは張《は》りきらざるをえない。

瀬川《せがわ》のポンコツ車《ぐるま》に、相原《あいはら》と英治《えいじ》を乗《の》せてここを出《で》るのが二時半《じはん》だと英治《えいじ》に言《い》われた。

それまで時間《じかん》はたっぷりあるようだが、やることはいっぱいある。

その作戦《さくせん》は以下《いか》のように考《かんが》えた。

まず、捕虜《ほりょ》をここに連《つ》れてきて尋問《じんもん》する部屋《へや》だが、これはさよの部屋《へや》をあてることにした。

この部屋《へや》の窓《まど》に暗幕《あんまく》を張《は》って真《ま》っ暗《くら》にし、香《こう》を焚《た》きこめる。

音響効果《おんきょうこうか》としては、矢場《やば》がみやげに持《も》ってきてくれたテープを流《なが》す。

このテープには、チベット語《ご》の読経《どきょう》の声《こえ》と歌《うた》が入《はい》っているが、聞《き》いていると、現実世界《げんじつせかい》から魂《たましい》が離《はな》れていくような、なんとも不思議《ふしぎ》な気分《きぶん》におそわれる。

部屋《へや》の正面《しょうめん》には、浄土《じょうど》を描《えが》いた曼陀羅《まんだら》の軸《じく》をかけ、そこにだけスポットで光《ひかり》をあてる。

瀬川《せがわ》は白《しろ》いだぶだぶのガウンをまとい、アメリカの秘密結社《ひみつけっしゃ》・KKK《ケーケーケー》団《だん》のように、顔《かお》まで隠《かく》れる三角《さんかく》の帽子《ぼうし》をかぶり、目《め》と口《くち》だけ穴《あな》をあけておく。

これだけ舞台装置《ぶたいそうち》を作《つく》れば、あとはこっちのものである。

瀬川《せがわ》は、それを作《つく》るのに昼《ひる》すぎまでかかった。

相原《あいはら》と英治《えいじ》がやってきたときは、やっと完成《かんせい》したばかりだった。

二人《ふたり》をその部屋《へや》に連《つ》れていき、テープを流《なが》し、ライトをつけると、二人《ふたり》ともひどく気味《きみ》わるがって、

「これなら効果《こうか》ありそうだ。瀬川《せがわ》さん、よくこんなしかけを考《かんが》えましたね」

とほめてくれた。若《わか》い二人《ふたり》にここまでほめられれば悪《わる》い気《き》はしない。

「では、行《い》くとするか」

瀬川《せがわ》はすっかり元気《げんき》になって二人《ふたり》を後部座席《こうぶざせき》に座《すわ》らせ、ポンコツ車《ぐるま》を発進《はっしん》させた。車《くるま》は思《おも》ったより快《かい》調《ちょう》に走《はし》りだした。

「瀬川《せがわ》さん、きのう小島《こじま》が家《いえ》にやってきましたよ」

車《くるま》が走《はし》りだしてしばらくすると英治《えいじ》がうしろから話《はな》しかけた。

「そうか、来《き》たか。わしは来《こ》ないと思《おも》ったが……」

「約束《やくそく》の八時半《じはん》にやってきましたよ。旅行《りょこう》バッグをぶら下《さ》げて」

「お母《かあ》さん、おどろいたろう?」

「話《はなし》はしてあったんですが、ほんとうに来《く》るとは思《おも》わなかったんでおどろきました。でも、親《おや》って先生《せんせい》に弱《よわ》いですから、けっこうサービスしています。最初《さいしょ》はうまくやれるか心配《しんぱい》していましたが」

「豚《とん》カツ食《く》わせたのか?」

相原《あいはら》がきいた。

「食《く》わせた。でかいの二枚《まい》ぺろっと食《く》っちゃった」

「すげえ、あいつは体《からだ》も食欲《しょくよく》もアメリカ人並《じんな》みだからなあ。遠慮《えんりょ》もしないで食《く》ったのか」

「体《からだ》は大《おお》きいのか?」

瀬川《せがわ》がきいた。

「百八十センチ、九十キロはあります。これじゃ、中学生《ちゅうがくせい》はかないませんよ」

「恐竜《きょうりゅう》がのし歩《ある》いているようなもんだな?」

「そうです。だから、みんな言《い》うことを聞《き》くんです。恐竜《きょうりゅう》と同《おな》じで脳《のう》が小《ちい》さいですけど」

「菊地《きくち》も相原《あいはら》も、あいかわらず口《くち》がへらんなあ」

こういう連中《れんちゅう》と話《はな》していると、気分《きぶん》がいつとはなしに若《わか》やいでくる。

「きょう小島《こじま》が無断欠勤《むだんけっきん》したんで、職員室《しょくいんしつ》が騒《さわ》がしかったの知《し》ってるか?」

相原《あいはら》が英治《えいじ》にきいた。

「知《し》らねえ」

「どうも長井《ながい》が小島《こじま》のアパートに様子《ようす》を見《み》に行《い》ったらしい」

「行《い》ったら、小島《こじま》はいなくて部屋《へや》の中《なか》はめちゃめちゃ。そのうえ置《お》き手紙《てがみ》まである」

「置《お》き手紙《てがみ》？　小島《こじま》は手紙書《てがみか》いてきたのか？」

相原《あいはら》がきいた。

「ちがう。おれが思《おも》いついて置《お》いてきたんだ」

「菊地《きくち》、おまえってやつは……。なんて書《か》いたんだ」

「校長《こうちょう》へ　小島《こじま》は預《あず》かった。小島《こじま》を解放《かいほう》したかったら全教師《ぜんきょうし》（ただし男性《だんせい》）の髪《かみ》の毛《け》を持参《じさん》すること。それ以外《いがい》の交渉《こうしょう》には一切応《いっさいおう》じない。期限《きげん》は三月一日《がつついたち》。以後《いご》一日遅《にちおく》れるごとに、小島《こじま》の耳《みみ》、指《ゆび》、手《て》、足《あし》、首《くび》を校長宅《こうちょうたく》へ送《おく》りつける。桃太郎《ももたろう》より」

相原《あいはら》が吹《ふ》きだした。

「やるもんだな」

瀬川《せがわ》はすっかり感心《かんしん》してしまった。

「そうでしょう。もうじき卒業《そつぎょう》となったら、菊地《きくち》の頭《あたま》が、がぜん活動《かつどう》をはじめたのです」

相原《あいはら》が言《い》った。

「火山《かざん》みたいなもんだな」

「マグマがどんどん噴《ふ》き上《あ》げるんですよ」

英治《えいじ》が言《い》うと、

「それはすばらしいことだ。わしにもそういうときがあったな」

瀬川《せがわ》は急《きゅう》にむかしが懐《なつ》かしくなった。

「いまごろ、校長《こうちょう》はその手紙《てがみ》見《み》てるかな？」

英治《えいじ》の目《め》が、ルームミラーの中《なか》できらきらと輝《かがや》いている。

「見《み》てるさ。きっと頭《あたま》かかえてるぜ。小島《こじま》は戦《たたか》うと言《い》ったんで、安心《あんしん》していたはずだから」

「パニックになってるだろう」

相原《あいはら》が言《い》った。

「これで、先生《せんせい》たちは丸刈《まるが》りになると思《おも》いますか？」

英治《えいじ》が瀬川《せがわ》にきいた。

「この手紙《てがみ》だけではならんだろう。なんといっても、丸刈《まるが》りになるというのはたいへんなことだからな」

道路《どうろ》の混雑《こんざつ》はあいかわらずだが、なんとか予定《よてい》の時間《じかん》より早《はや》く、府中刑務所《ふちゅうけいむしょ》に着《つ》けそうである。

「じゃあ、次《つぎ》の手《て》を考《かんが》えなくちゃならねえな」

英治《えいじ》は頭《あたま》をかかえた。

「頼《たの》むぜ、悪《あく》の天才《てんさい》」

相原《あいはら》が英治《えいじ》の肩《かた》をたたいた。

「悪《あく》の天才《てんさい》はねえだろう」

この二人《ふたり》は仲《なか》がいい。このまま二人《ふたり》ともN高《エヌこう》に合格《ごうかく》させてやりたい。瀬川《せがわ》はまるで二人《ふたり》がわが孫《まご》みたいな気《き》がした。

「菊地《きくち》、N高合格《エヌこうごうかく》の自信《じしん》はあるか？」

瀬川《せがわ》がきいた。

「まああです」

「こいつは、いつもこの調子《ちょうし》なんです」

相原《あいはら》が言《い》った。

「いいだろう。えらくなった人《ひと》はみんな楽天家《らくてんか》だ。人間《にんげん》は楽天家《らくてんか》でないと成功《せいこう》せん」

「やったね」

英治《えいじ》が得意《とくい》そうに鼻《はな》をこすっている。

「N高《エヌこう》に落《お》ちたら大阪《おおさか》に行《い》くのか？」

瀬川《せがわ》がきいた。

「そういうことになっていますが、それは、考《かんが》えないことにしているんです」

「まあ、がんばってくれよ。きみがいなくなると、東京《とうきょう》がさびしくなる」

瀬川《せがわ》は本気《ほんき》でそう思《おも》った。

「おじいちゃんの殺《ころ》し文句《もんく》だ」

相原《あいはら》がはやしたてた。

「おじいちゃんをがっかりさせません」

英治《えいじ》の顔《かお》はいつものように明《あか》るいので、瀬川《せがわ》はこれならいけそうだと思《おも》った。

2

府中刑務所《ふちゅうけいむしょ》には、予定《よてい》の時間《じかん》より三十分《ぷん》早《はや》く着《つ》いたが、矢場《やば》はすでに来《き》ており、撮影機《さつえいき》がそれらしくセットしてあった。

「あ、ベンツだ」

門《もん》から二十メートルほど離《はな》れた道路脇《どうろわき》に、黒塗《くろぬ》りのベンツが停《と》まっている。

「やつらの車《くるま》だな。近《ちか》くまで行《い》ってみよう」

相原《あいはら》が言《い》った。

「だいじょうぶですか?」

英治《えいじ》は不安《ふあん》になった。

「だいじょうぶだ」

瀬川《せがわ》は、道《みち》を大《おお》きくまわってベンツの脇《わき》をゆっくりとすり抜《ぬ》けた。

運転席《うんてんせき》と助手席《じょしゅせき》に男《おとこ》が一人《ひとり》ずつ。どちらも人相《にんそう》はよくない。

二人《ふたり》は、たばこをくわえながら雑談《ざつだん》している。

「まちがいないな」

瀬川《せがわ》は、うしろの二人《ふたり》に言《い》った。

「なんだかサラリーマンみたい」

相原《あいはら》が言《い》った。

「近《ちか》ごろは殺《ころ》し屋《や》もサラリーマンだからな」

瀬川《せがわ》が言《い》うと、ルームミラーの英治《えいじ》の顔《かお》が緊張《きんちょう》した。

「ああいうやつが平気《へいき》で悪《わる》いことや人殺《ひとごろ》しするんだから油断《ゆだん》できない」

「しかし、ここで殺《ころ》しはやらんから安心《あんしん》しろ」

殺《ころ》し屋《や》と言《い》ったのはまずかった。もっと二人《ふたり》をリラックスさせなければならないと瀬川《せがわ》は思《おも》った。

「拳銃《けんじゅう》くらい持《も》ってるかな？」

相原《あいはら》が言《い》うと、英治《えいじ》が「持《も》ってるかもな」と言《い》った。

二人《ふたり》は、ぶっそうな会話《かいわ》をしている。

「拳銃《けんじゅう》なんか持《も》っておらん。きょうはけんかをしに来《き》たのではない。迎《むか》えに来《き》たのだから」

瀬川《せがわ》は、ベンツの五メートルほど前《まえ》に停車《ていしゃ》した。

しばらくすると、ベンツから男《おとこ》が出《で》てきた。

「文句言《もんくい》いに来《き》たぞ」

相原《あいはら》が英治《えいじ》に話《はな》している。男《おとこ》がやってきて運転席《うんてんせき》のウインドーをたたいた。

瀬川《せがわ》は、ウインドーを下《さ》げた。

「じいさん、ここに車《くるま》を停《と》めちゃ邪魔《じゃま》だ」

あらためて男《おとこ》の顔《かお》を見《み》ると、ほおにばんそうこうを貼《は》っている。傷痕《きずあと》かもしれない。

「中《なか》からだれが出《で》てくるんですか？」

瀬川《せがわ》は、わざととぼけた声《こえ》できいた。

「そんなことは知《し》らん」

「よほど大物《おおもの》ですね。テレビが来《き》てるところを見《み》ると」

「いいから、はやく車《くるま》をどかせ」

男《おとこ》はいらついている。

瀬川《せがわ》は、ゆっくりと、車《くるま》を二メートルほど前《まえ》へ出《だ》した。矢場《やば》の車《くるま》に近《ちか》づいた。

男《おとこ》が走《はし》ってきた。

「てめえ、おれをおこらせる気《き》か？」

こんどは、かなり険悪《けんあく》な表情《ひょうじょう》になった。

「そうではありませんが、だれが出《で》てくるか見《み》たいんです」

テレビカメラのせいか、だんだん人《ひと》が集《あつ》まってきた。

「じゃあ、もっと離《はな》れろ」

人《ひと》が集《あつ》まったせいか、男《おとこ》はぶつぶつ言《い》いながら、自分《じぶん》の車《くるま》まで戻《もど》っていった。

「あいつら大《たい》したことないぞ」

瀬川《せがわ》は、二人《ふたり》を落《お》ち着《つ》かせるために、心《こころ》とは裏腹《うらはら》のことを言《い》った。

「ねえ、だれが出所《しゅっしょ》するんですか？　政治家《せいじか》？　それとも暴力団《ぼうりょくだん》？」

買《か》いもの帰《がえ》りの主婦《しゅふ》が、車《くるま》をのぞきこんできく。

「さあ、だれでしょう。とにかく大物《おおもの》であることはまちがいないですよ。うしろのベンツの人《ひと》は知《し》ってるかもしれないから、きいてみたら」

瀬川《せがわ》が口《くち》から出《で》まかせを言《い》うと、そのたびにベンツのところにききに行《い》く。

矢場《やば》がマイクを持《も》って門《もん》へ近《ちか》づく。

うしろのベンツからも、男《おとこ》がひとり出《で》てきた。

市川《いちかわ》が門《もん》から出《で》てきた。

矢場《やば》がマイクを向《む》けて何《なに》か話《はな》しかけている。

「あんたの命《いのち》は狙《ねら》われているから、おれと一緒《いっしょ》に車《くるま》に乗《の》れ」

とでも言《い》っているにちがいない。

矢場《やば》と市川《いちかわ》に男《おとこ》が近《ちか》づいて、市川《いちかわ》の腕《うで》をつかもうとする。

突然《とつぜん》、日比野《ひびの》があらわれて男《おとこ》にぶつかった。いかにも人波《ひとなみ》に押《お》されて、ぶつかったという感《かん》じだ。

男《おとこ》はしりもちをついてしまった。それに日比野《ひびの》がのしかかる。

「てめえ、何《なに》しやがんだ」

男《おとこ》がどなった。

「すみません。押《お》されたもんで」

日比野《ひびの》がぺこぺこあやまっている。

男《おとこ》が立《た》ちあがったとき、もう市川《いちかわ》の姿《すがた》はなかった。

「おい、市川《いちかわ》はどうした?」

「あの車《くるま》に乗《の》った」

「逃《に》がしたら大変《たいへん》だぞ」

矢場《やば》の車《くるま》が動《うご》きだした。

男《おとこ》たちは急《いそ》いでベンツにもどる。

「さあ、行《い》こうか」

瀬川《せがわ》はゆっくりと車《くるま》を発進《はっしん》させた。少《すこ》し走《はし》ると、前方《ぜんぽう》に矢場《やば》の車《くるま》が見《み》えた。

「やつら、まだ来《こ》ないのか、よく見《み》ててくれよ」

瀬川《せがわ》が言《い》ったとき、英治《えいじ》が、「あ、来《き》た」と、大《おお》きい声《こえ》を出《だ》した。

「よし、これでいい。では、ゆっくり行《い》くか。二人《ふたり》とも用心《ようじん》しろ」

ベンツはすぐに追《お》いついて、瀬川《せがわ》の車《くるま》に追突《ついとつ》しそうになる。

さかんにクラクションを鳴《な》らしている。どけと言《い》っているつもりだろう。

無理《むり》やり追《お》い抜《ぬ》こうと車《くるま》を右《みぎ》に出《だ》すと、瀬川《せがわ》も同《おな》じように車《くるま》を右《みぎ》へ出《だ》す。

交差点《こうさてん》で停《と》まったとき、ベンツから男《おとこ》が出《で》てきて、「なんのつもりだ?」とどなる。

瀬川《せがわ》は、にやっと笑《わら》って、「こんにちは、いい天気《てんき》ですねえ」と言《い》う。

怒《おこ》った男《おとこ》は、瀬川《せがわ》の腕《うで》をつかもうとする。

その顔《かお》に瀬川《せがわ》が消臭《しょうしゅう》スプレーを吹《ふ》きかけてやった。

男《おとこ》が慌《あわ》てて手《て》をひっこめる。

信号《しんごう》は青《あお》に変《か》わった。瀬川《せがわ》は発進《はっしん》する。

「なんですか、あのスプレー?」

英治《えいじ》がきいた。

「消臭《しょうしゅう》スプレーさ。これでちっとは悪《あく》のにおいが減《へ》っただろうよ」

うしろの席《せき》で二人《ふたり》が笑《わら》いころげている。

次《つぎ》の信号《しんごう》で停《と》まったとき、ベンツはバンパーをぶつけてきた。

「ヤバイ！」

英治《えいじ》と相原《あいはら》が首《くび》をすくめた。

「二人《ふたり》ともむち打《う》ち症《しょう》にならないように気《き》をつけろ。こんどぶつけてきたら、これをぶつけてやれ」

瀬川《せがわ》は、助手席《じょしゅせき》に置《お》いてある紙袋《かみぶくろ》を英治《えいじ》にわたした。

「なんですか？」

「見《み》ればわかるだろう？」

「たまごだ」

「こういうこともあるかと思《おも》って持《も》ってきた。こいつをフロントガラスにぶつけると、前《まえ》がよく見《み》えなくなる」

「やるう」

二人《ふたり》が感心《かんしん》するので、瀬川《せがわ》はすっかり愉快《ゆかい》になってきた。

「信号《しんごう》が赤《あか》に変《か》わった。停《と》まるぞ」

車《くるま》が停《と》まったとたんに、ごつんとぶつかった。

「よし、やれ」

瀬川《せがわ》が言《い》うと、二人《ふたり》は同時《どうじ》に両方《りょうほう》のウインドーをおろすと、ベンツに向《む》かってたまごをぶつけた。

二つのたまごが見事《みごと》にフロントガラスにぶつけられた。

「この野郎《やろう》何《なに》すんだ？」

男《おとこ》が運転席《うんてんせき》から顔《かお》を出《だ》してどなった。

「おまえこそ故意《こい》に追突《ついとつ》したじゃないか。警察《けいさつ》呼《よ》ぶぞ」

相原《あいはら》が負《ま》けずにどなる。

ベンツからばんそうこうの男《おとこ》が出《で》てきた。

「そばに来《き》たら、こいつをふっかけろ」

瀬川《せがわ》は、もう一本《ぽん》のスプレーを英治《えいじ》に投《な》げた。

「また、消臭《しょうしゅう》スプレー？」

「こんどはダニ殺《ごろ》しのスプレーだから効《き》くぞ」

男《おとこ》が近《ちか》づく。ウインドーに手《て》をかけようとした

とき、英治《えいじ》が男《おとこ》の顔目《かおめ》がけてスプレーをかける。

「ダニ、これをくらえ」

信号《しんごう》が変《か》わって車《くるま》が動《うご》きだした。

「こいつは、一度《いちど》やったらやめられなくなる」

英治《えいじ》はすっかり気《き》に入《い》ったようだ。

「さすがに、ほんものの戦争体験者《せんそうたいけんしゃ》はちがうね」

相原《あいはら》にほめられて、瀬川《せがわ》の気分《きぶん》はますます高揚《こうよう》した。

ベンツはあいかわらずべったりついてくる。

見《み》おぼえのある街《まち》に戻《もど》ってきた。

もうすぐ永楽荘《えいらくそう》である。

永楽荘《えいらくそう》には、二人《ふたり》を捕虜《ほりょ》にするために、英治《えいじ》の仲間《なかま》たちや、老人《ろうじん》が手《て》ぐすねひいて待《ま》ちかまえているはずである。

瀬川《せがわ》はクラクションを鳴《な》らした。

前《まえ》を走《はし》る矢場《やば》の車《くるま》がどいたので、その前《まえ》に出《で》た。

これから一足先《ひとあしさき》に永楽荘《えいらくそう》に着《つ》いて、瀬川《せがわ》は霊能者《れいのうしゃ》に早替《はやが》わりするのだ。

やることがいっぱいあるということは、何《なん》と楽《たの》しいことだろう。ここ何年体験《なんねんたいけん》したことのない感動《かんどう》だ。

3

「こちらは、みなさまおなじみの天野《あまの》です。三年間《ねんかん》いろいろお騒《さわ》がせしましたが、多分《たぶん》これが最後《さいご》の放送《ほうそう》になると思《おも》います」

そこまで話《はな》して、天野《あまの》は少《すこ》し感傷的《かんしょうてき》になった。

しかし、アナウンサーが感傷的《かんしょうてき》になっては失格《しっかく》だ。気《き》を取《と》りなおしてつづけた。

天野《あまの》のいる場所《ばしょ》は、老稚園《ろうちえん》の屋根《やね》の上《うえ》である。ここからだと老稚園《ろうちえん》の門《もん》と道路《どうろ》がすべて見通《みとお》せる。

この放送《ほうそう》は、永楽荘《えいらくそう》と老稚園《ろうちえん》に分散《ぶんさん》して隠《かく》れている仲間《なかま》たちに聞《き》こえているはずだ。

彼《かれ》らは、天野《あまの》の指示《しじ》によって飛《と》びだし、敵《てき》を取《と》りおさえることになっている。

「あ、ただいま瀬川《せがわ》さんのポンコツ車《ぐるま》が見《み》えました。

運転《うんてん》しているのは瀬川《せがわ》さん。リアシートに相原《あいはら》と菊地《きくち》が乗《の》っています。

いま菊地《きくち》がウインドーから腕《うで》を出《だ》してV《ブイ》サインをしました。

V《ブイ》サインというのは、勝負《しょうぶ》がすでについたということでしょうか？　ちょっとおかしいです。

ただいま、瀬川《せがわ》さんの車《くるま》はトップでゲートをくぐり抜《ぬ》けました。

菊地《きくち》が何《なに》かどなっています。聞《き》こえません。ルミがトランシーバーを菊地《きくち》にわたしました。

わかりました。さっきのはV《ブイ》サインではなく、敵《てき》は二人《ふたり》だということです。

相原《あいはら》と菊地《きくち》は樹《き》の陰《かげ》にかくれ、瀬川《せがわ》さんだけが小走《こばし》りで永楽荘《えいらくそう》に消《き》えました。

瀬川《せがわ》さんは、これから霊能者《れいのうしゃ》に変身《へんしん》するのです。

あっ、矢場《やば》さんの車《くるま》があらわれました。ゆっくり、ゆっくり。超安全運転《ちょうあんぜんうんてん》でやってきます。

ただいまゲートをくぐりました。すぐつづいて黒塗《くろぬ》りのベンツがべったりとくっついています。これが敵《てき》の車《くるま》にちがいありません。

みなさん、いよいよ決戦《けっせん》のときがやってきました。

立石《たていし》くん、花火《はなび》の用意《ようい》はいいですね。みんなにくばりましたか?

天野《あまの》が「行《い》け!」と言《い》ったら、決死隊《けっしたい》の立石《たていし》、佐竹《さたけ》、佐山《さやま》の三人《にん》が飛《と》びだして、敵《てき》に向《む》かって、爆竹《ばくちく》を投《な》げてください。

三人《にん》とも怖《こわ》がることはありません。敵《てき》はたとえ殺《ころ》し屋《や》でも、花火《はなび》で一瞬《いっしゅん》ひるみます。

その次《つぎ》の攻撃《こうげき》は佐竹《さたけ》のところのピット・ブル・テリアのタローです。

ここから、タローを押《お》さえている俊郎《としろう》が見《み》えます。

タローは、天野《あまの》が赤旗《あかはた》をあげたら飛《と》びかかります」

天野《あまの》は、そこで水筒《すいとう》の水《みず》を一口《ひとくち》飲《の》んだ。

「あ、矢場《やば》さんが男《おとこ》と一緒《いっしょ》に出《で》てきました。ベンツからも男《おとこ》が二人《ふたり》出《で》てきました。いまだ。決死隊《けっしたい》行《い》け!」

天野《あまの》はどなった。

立石《たていし》、佐竹《さたけ》、佐山《さやま》の三人《にん》が永楽荘《えいらくそう》から飛《と》びだすと、いっせいに爆竹《ばくちく》を投《な》げた。

すさまじい音《おと》に、追《お》いかけてきた二人《ふたり》の男《おとこ》が立《た》ちすくんだ。

そのすきに、矢場《やば》は市川《いちかわ》を引《ひ》っぱって永楽荘《えいらくそう》に消《き》えた。

「タロー、行《い》け！」

天野《あまの》が屋根《やね》の上《うえ》で赤旗《あかはた》をふる。俊郎《としろう》の手《て》を離《はな》れたタローは、まるで矢《や》のように走《はし》りぬけたかと思《おも》うと、ひとりの男《おとこ》の腕《うで》に噛《か》みついた。

「助《たす》けてくれ！」

男《おとこ》が悲鳴《ひめい》をあげる。

「突撃《とつげき》！　全員突撃《ぜんいんとつげき》だぁ」

天野《あまの》は、だれが持《も》ってきたか知《し》らないが、うちわ太鼓《だいこ》をたたきつづける。

みんなが、いっせいに、二人《ふたり》の男目《おとこめ》がけて飛《と》びかかる。

「ネット部隊《ぶたい》、出動《しゅつどう》！」

天野《あまの》の命令《めいれい》と同時《どうじ》に、バレーボールのネットを持《も》った秋元《あきもと》と谷本《たにもと》が駆《か》けよったかと思《おも》うと、たちまちのうちに、二人《ふたり》をネット巻《ま》きにしてしまった。

「やったあ！」

歓声《かんせい》が老稚園《ろうちえん》の狭《せま》い庭《にわ》に満《み》ちた。

「戦《たたか》いは終《お》わりました。勇猛《ゆうもう》なるわが軍《ぐん》は、あっという間《ま》に敵《てき》を捕虜《ほりょ》にしてしまいました。その間《かん》わずか数分《すうふん》。あまりにあっけない戦《たたか》いに、みんな欲求不満《よっきゅうふまん》の様子《ようす》です。

もちろん、わが方《ほう》に被害《ひがい》はありません。

これはじつに歴史的大勝利《れきしてきだいしょうり》です。

天野《あまの》も、中学最後《ちゅうがくさいご》の放送《ほうそう》を、こういう形《かたち》で終《お》わらせることができて、いまは感激《かんげき》でいっぱいです。

ここでほんとうは蛍《ほたる》の光《ひかり》を流《なが》したいところですが、残念《ざんねん》なことに音楽《おんがく》がありません。

ではみなさん、三年間天野《ねんかんあまの》に寄《よ》せられた友情《ゆうじょう》に感謝《かんしゃ》して、この放送《ほうそう》を終《お》わることにします。

みなさん、ありがとう。さようなら」

拍手《はくしゅ》と歓声《かんせい》。

「天野《あまの》、いいぞ！」

矢場《やば》も永楽荘《えいらくそう》から出《で》てきて拍手《はくしゅ》している。

天野《あまの》は屋根《やね》の上《うえ》に立《た》ちあがった。胸《むね》がいっぱいになるほどの感動《かんどう》である。

このままでは泣《な》いてしまいそうなので、顔《かお》を空《そら》に向《む》けた。

涙《なみだ》がほおをつたって流《なが》れおちた。しかし、幸《さいわ》いこの涙《なみだ》は下《した》からは見《み》えないはずだ。

天野《あまの》は屋根《やね》からおりるとき、だれにも知《し》られないように、そっとその涙《なみだ》を手《て》でぬぐった。

「天野《あまの》、すばらしい放送《ほうそう》だったぞ」

下《した》で待《ま》っていた相原《あいはら》が、真《ま》っ先《さき》に握手《あくしゅ》を求《もと》めてきた。

つづいて、菊地《きくち》、安永《やすなが》、日比野《ひびの》、中尾《なかお》、谷本《たにもと》、佐竹《さたけ》、佐山《さやま》、立石《たていし》、小黒《おぐろ》、宇野《うの》、柿沼《かきぬま》。

つぎからつぎへと握手《あくしゅ》するので、ついには手《て》が痛《いた》くなってしまった。

最後《さいご》に矢場《やば》が手《て》を差《さ》しだした。

「天野《あまの》、進歩《しんぽ》したな」

矢場《やば》のひとことで、またぐっときてしまった。

「そうですか」

「おまえは、いつかきっといいアナウンサーになる。おれは、その日《ひ》を楽《たの》しみに待《ま》ってるぞ」

「待《ま》ってるぞぉ」

つづいてみんなが言《い》った。

みんなをここまで感動《かんどう》させる放送《ほうそう》をやれたことに、天野《あまの》は満足《まんぞく》した。

「天野《あまの》の実況《じっきょう》、聞《き》きたかったたな」

英治《えいじ》がくやしそうに言《い》うと、矢場《やば》が、

「おれがプロだということを忘《わす》れるな。おい、玉木《たまき》」

と、声《こえ》をかけた。すると、みんなの間《あいだ》から若《わか》い男《おとこ》があらわれた。

「ちゃんと撮《と》ったか?」

「ばっちしです」

玉木《たまき》が言《い》った。

「みんな、後《あと》で天野《あまの》の実況《じっきょう》を見《み》せてやる」

「さすがは矢場《やば》さん、プロはやることがちがう」

英治《えいじ》が感心《かんしん》すると、

「そうだろう。おれを見直《みなお》したか？」

「矢場《やば》さん、すごい！」

みんなが歓声《かんせい》を上《あ》げた。

男《おとこ》たちは網《あみ》の中《なか》で、捕《つか》まえられたサメみたいにもがいている。

「こいつたち警察《けいさつ》に突《つ》きだすの？」

「いや、その前《まえ》にやることがある。永楽荘《えいらくそう》に連《つ》れていけ」

相原《あいはら》の一声《ひとこえ》で、みんなが二人《ふたり》をかついで永楽荘《えいらくそう》に向《む》かった。


（『ぼくらの卒業《そつぎょう》いたずら大作戦《だいさくせん》　下《げ》』につづく）

あとがき

卒業式《そつぎょうしき》が迫《せま》ってきた。

ぼくらの連中《れんちゅう》はこのままおとなしく卒業《そつぎょう》するのだろうか。

彼《かれ》らのことだから、とんでもないバカ騒《さわ》ぎを起《お》こすのではないか。それは教師《きょうし》の頭《あたま》を丸刈《まるが》りにするというわさが教師《きょうし》の間《あいだ》に拡《ひろ》がっていた。


ある日《ひ》、ルミの父親《ちちおや》、為朝《ためとも》が刑務所《けいむしょ》を出《で》てきた。

ぼくらは為朝《ためとも》を大歓迎《だいかんげい》したが、為朝《ためとも》はすぐにどこかに消《き》えてしまった。

行方《ゆくえ》を探《さぐ》るうちに、為朝《ためとも》が刑務所《けいむしょ》で、ある大事件《だいじけん》の真相《しんそう》を知《し》ったことを突《つ》きとめる。

為朝《ためとも》に大事件《だいじけん》の真相《しんそう》を打《う》ち明《あ》けた男《おとこ》、市川《いちかわ》がまもなく出所《しゅっしょ》する。市川《いちかわ》を捕《つか》まえれば為朝《ためとも》の居場所《いばしょ》がわかるかもしれない。そこで英治《えいじ》が考《かんが》えたのが暴力教師《ぼうりょくきょうし》・小島《こじま》を利用《りよう》することである。

市川《いちかわ》の仲間《なかま》のヤクザたちと戦《たたか》うよう小島《こじま》を挑発《ちょうはつ》し、その小島《こじま》を脅《おど》かして、かくまってやる作戦《さくせん》である。

小島《こじま》は英治《えいじ》たちの計画《けいかく》にまんまとはまって学校《がっこう》から姿《すがた》を隠《かく》した。

それから彼《かれ》らは、置《お》き手紙《てがみ》を校長《こうちょう》に届《とど》くようにした。その内容《ないよう》は、小島《こじま》を助《たす》けたかったら、全《すべ》ての男性教師《だんせいきょうし》の髪《かみ》の毛《け》を持《も》ってこいというものだった。

そして、いよいよ市川《いちかわ》が刑務所《けいむしょ》を出所《しゅっしょ》する日《ひ》がやってきた。

市川《いちかわ》の捕獲《ほかく》には瀬川《せがわ》と矢場《やば》も参加《さんか》して、市川《いちかわ》を迎《むか》えにきた二人《ふたり》のヤクザまで永楽荘《えいらくそう》に誘導《ゆうどう》し捕《つか》まえる。このヤクザとの戦《たたか》いを指示《しじ》し、実況《じっきょう》したのは天野《あまの》である。

天野《あまの》の実況《じっきょう》はプロ並《な》みである。

永楽荘《えいらくそう》に連《つ》れこまれた二人《ふたり》のヤクザを待《ま》っていたのは霊能者《れいのうしゃ》になりすました瀬川《せがわ》だが、ここから先《さき》は下巻《げかん》を読《よ》んでほしい。

英治《えいじ》と純子《じゅんこ》、ひとみの三角関係《さんかくかんけい》。

読者《どくしゃ》のみなさんは、純子《じゅんこ》の明《あか》るくて気《き》のいいところに惹《ひ》かれ、英治《えいじ》が純子《じゅんこ》を好《す》きになってくれたらと思《おも》うかもしれない。しかし、英治《えいじ》は純子《じゅんこ》も好《す》きだけれど、本命《ほんめい》はひとみだ。

ところが、純子《じゅんこ》はひとみに嫉妬《しっと》するどころか、ひとみにふりまわされている英治《えいじ》をいろいろと助《たす》けるのだから、胸《むね》が痛《いた》くなるにちがいない。

高校生《こうこうせい》になる三人《にん》の関係《かんけい》が、これからどうなるのか、作者《さくしゃ》にもわからないので、読者《どくしゃ》のみなさん、いい考《かんが》えがあったら、お手紙《てがみ》を送《おく》ってください。

そして、卒業式《そつぎょうしき》。卒業式《そつぎょうしき》には『仰《あお》げば尊《とうと》し』を合唱《がっしょう》して涙《なみだ》するものだが、ぼくらは『仰《あお》げば尊《とうと》し』の替《か》え歌《うた》を作《つく》り合唱《がっしょう》しようとする。

そこに並《なら》ぶ教師《きょうし》たちの頭《あたま》はどうなっているのか。

全校生徒《ぜんこうせいと》が爆笑《ばくしょう》する卒業式《そつぎょうしき》になる。

ぼくらにとって、あっという間《ま》の三年間《ねんかん》だった。辛《つら》いことも、苦《くる》しいことも、そして、楽《たの》しいこともいっぱいあった。

英治《えいじ》の受験《じゅけん》の結果《けっか》は？　そして、英治《えいじ》をめぐる、純子《じゅんこ》とひとみの三角関係《さんかくかんけい》がどうなっていくのか。

『ぼくらの卒業《そつぎょう》いたずら大作戦《だいさくせん》　下《げ》』（二〇一八年《ねん》四月《がつ》十五日発売《にちはつばい》）をお楽《たの》しみに。

二〇一八年《ねん》一月《がつ》

宗田《そうだ》　理《おさむ》

＊宗田理《そうだおさむ》さんへのお手紙《てがみ》は、角川《かどかわ》つばさ文庫編集部《ぶんこへんしゅうぶ》へお送《おく》りください。
〒102－8078　東京都千代田区富士見《とうきょうとちよだくふじみ》1－8－19　角川《かどかわ》つばさ文庫編集部《ぶんこへんしゅうぶ》　宗田理《そうだおさむ》さん係《がかり》

この作品は、一九九一年十二月、角川文庫から刊行された『ぼくらの最終戦争』のⅠ～Ⅳ章をもとに、角川つばさ文庫向けに大はばに書きかえ、加筆し、漢字にふりがなをふり、読みやすくしたものです。

角川つばさ文庫

宗田 理／作
東京都生まれ、少年期を愛知県ですごす。『ぼくらの七日間戦争』をはじめとする「ぼくら」シリーズは中高生を中心に圧倒的人気を呼び大ベストセラーに。著作に『ぼくらの天使ゲーム』『ぼくらの大冒険』『ぼくらと七人の盗賊たち』『ぼくらの学校戦争』『ぼくらのデスゲーム』『ぼくらの南の島戦争』『ぼくらの㊦バイト作戦』『ぼくらのＣ計画』『ぼくらの怪盗戦争』『ぼくらの㊫会社戦争』『ぼくらの修学旅行』『ぼくらのテーマパーク決戦』『ぼくらの体育祭』『ぼくらの太平洋戦争』『ぼくらの一日校長』『ぼくらのいたずらバトル』『ぼくらの㊙学園祭』『ぼくらの無人島戦争』『ぼくらのハイジャック戦争』『ぼくらの消えた学校』『２年Ａ組探偵局 ラッキーマウスと３つの事件』『２年Ａ組探偵局 ぼくらのロンドン怪盗事件』『２年Ａ組探偵局 ぼくらの都市伝説』（角川つばさ文庫）など。

YUME／絵
イラストレーター。挿絵を担当した作品に『ぼくらのハイジャック戦争』『ぼくらの消えた学校』『バケモノの子』（角川つばさ文庫）などがある。

角川《かどかわ》つばさ文庫《ぶんこ》　Bそ1-22

ぼくらの卒業《そつぎょう》いたずら大《だい》作《さく》戦《せん》　上《じょう》

作《さく》　宗田《そうだ》 理《おさむ》
絵《え》　YUME《ゆめ》
キャラクターデザイン　はしもとしん

2018年３月15日　初版発行

発行者　郡司 聡
発　行　株式会社KADOKAWA
〒102-8177　東京都千代田区富士見 2-13-3
電話　0570-002-301（ナビダイヤル）
印　刷　大日本印刷株式会社
製　本　大日本印刷株式会社
装　丁　ムシカゴグラフィクス

ISBN978-4-04-631735-3　C8293　N.D.C.913　194p　18cm

読者のみなさまからのお便りをお待ちしています。下のあて先まで送ってね。
いただいたお便りは、編集部から著者へおわたしいたします。

〒102-8078　東京都千代田区富士見 1-8-19　角川つばさ文庫編集部

角川つばさ文庫のラインナップ

ぼくらと七人の盗賊たち

作／宗田 理
絵／はしもとしん

「ぼくらの七日間戦争」を戦った英治と相原たちは、盗賊が盗んだ品をかくしているアジトを発見する!? 盗賊は盗品を老人に高く売りつけて、もうけている。スリルと冒険の、泥棒たちとの攻防戦！「ぼくら」シリーズ第４弾!!

ぼくらの七日間戦争

作／宗田 理
絵／はしもとしん

東京下町の中学1年2組の男子生徒が廃工場に立てこもり、子ども対大人の戦いがはじまった！女子生徒たちとの奇想天外な大作戦に、本当の誘拐事件がからまり、大人たちは大混乱。息もつかせぬ大傑作コミカル・ミステリー！

ぼくらの学校戦争

作／宗田 理
絵／はしもとしん

ぼくらシリーズの書きおろし新刊！ こんどは学校が解放区!! 英治たちが卒業した小学校が廃校になり壊される!? 学校をおばけ屋敷にする計画を立てるが、本物の死体…。凶悪犯があらわれる。ぼくらと悪い大人との大戦争!!

ぼくらの天使ゲーム

作／宗田 理
絵／はしもとしん

「ぼくらの七日間戦争」を戦った東中１年２組の生徒たちは、こんどは、２学期に“天使ゲーム”を始めた。つぶれかけた幼稚園を老稚園にしたり、悪い大人をこらしめる。大人気「ぼくら」シリーズ第２弾!!

ぼくらのデスゲーム

作／宗田 理
絵／はしもとしん

新しい校長と担任がやってきた！ きびしい規則がつぎつぎと決められ、新担任と攻防戦。そこに「殺人予告状」が届き、純子の弟が誘拐される…。有季も加わり、ぼくらと殺人犯との戦い！絶好調「ぼくら」シリーズ第６弾!!

ぼくらの大冒険

作／宗田 理
絵／はしもとしん

英治たちは噂のＵＦＯを見にいくが、宇野と安永がＵＦＯに連れ去られたように消えてしまう。英治たちは、２人の大救出作戦を開始。背後に宗教団体や埋蔵金伝説が!? インチキな大人と戦う「ぼくら」シリーズ第３弾！

つぎはどれ読む？

2年A組探偵局
ラッキーマウスと3つの事件

作／宗田 理
絵／はしもとしん

ぼくらの仲間、有季は探偵事務所を始めた。2年A組探偵局、略して2A探偵局。所長は有季、助手は貢。大会社会長の子ども誘拐、家庭教師の日記帳盗難、中学校の幽霊＆学校占領と、事件が連続！ 解決は有季におまかせ!!

2年A組探偵局
ぼくらのロンドン怪盗事件

作／宗田 理
絵／はしもとしん

有季と真之介、貢は、怪盗を捕まえるため、ロンドンへ飛んだ。ところが、怪盗は世界最大級のダイヤを盗むため、豪華客船クイーン・エリザベス号にいた。2A＆ぼくらが怪盗と対決する！ つばさ文庫書きおろしスペシャル物語！

2年A組探偵局
ぼくらの都市伝説

作／宗田 理
絵／YUME
キャラクターデザイン／はしもとしん

不思議な少年が転校してきて、悪ガキの妹が人さらいにあった！ さらに、「学校は炎上し、教師が死ぬ」と脅迫状が校長に届いた。霊があらわれ、学校は大混乱。2A&ぼくら全員集合、都市伝説を解決！ 書きおろし!!

ぼくらの南の島戦争

作／宗田 理
絵／はしもとしん

中学2年の夏休み、ぼくらは南の島の学校に立てこもり、「七日間戦争」のように大人たちと戦う！ こんどの敵は美しい島を壊し、ゴルフ場をつくろうとする桜田組。組長や殺し屋もやってきて大戦争！ 大人気ぼくらシリーズ第7弾!!

ぼくらの㋳バイト作戦

作／宗田 理
絵／はしもとしん

中学2年2学期、働けない父親のかわりに、バイトで学校を休んでいる安永を助けるため、ぼくらは、お金もうけ作戦！ 占い師や探偵になったり…。ところが、本当の殺人事件に出くわし…!? 大人気ぼくらシリーズ第8弾!!

ぼくらのC《クリーン》計画

作／宗田 理
絵／はしもとしん

中学2年3学期。ぼくらは心やお金にきたない大人をやっつけるため、悪い政治家が書かれている㊙"黒い手帳"を武器に、クリーン計画を実行！ 殺し屋、マスコミも押しよせて大ハプニング！ ぼくらシリーズ第9弾!!

世《せ》界《かい》一《いち》クラブ

最強《さいきょう》の小学生《しょうがくせい》、あつまる!

チョイ読《よ》み

おれは**徳川光一《とくがわこういち》**。〈世界一《せかいいち》の**天才少年《てんさいしょうねん》**〉って呼《よ》ばれている。小《しょう》6の始業式《しぎょうしき》、幼《おさな》なじみで、〈世界一《せかいいち》の**柔道少女《じゅうどうしょうじょ》**〉**すみれ**と登校《とうこう》すると、学校《がっこう》は警察官《けいさつかん》に囲《かこ》まれ、**封鎖《ふうさ》**されていた!?

刑務所《けいむしょ》から、**銃《じゅう》**を奪《うば》って逃《に》げだした**脱獄犯《だつごくはん》**が、**先生《せんせい》**を**人質《ひとじち》**に学校《がっこう》に立《た》てこもっている!! 大人《おとな》たちにまかせておけない。先生《せんせい》を助《たす》けだすため、仲間《なかま》をあつめろ!

おれ、すみれ、3人目《にんめ》のメンバーは、〈世界一《せかいいち》の**エンターテイナー**〉の**健太《けんた》**。4人目《にんめ》は、転校《てんこう》してきたばかりの、**美少女《びしょうじょ》**コンテスト世界大会《せかいたいかい》で優勝《ゆうしょう》した**クリス**。でも、**人見知《ひとみし》り**!? 5人目《にんめ》は、世界一《せかいいち》の**忍《しの》び**? らしいが、忍《しの》びと知《し》られてはいけない**和馬《かずま》**。このメンバーで、だいじょうぶ!?

脱獄犯《だつごくはん》は4人組《にんぐみ》。警察官《けいさつかん》30人《にん》を病院送《びょういんおく》りにした**大男《おおおとこ》**や、**闇《やみ》のブローカー**など、銃《じゅう》を得意《とくい》とする**凶悪犯《きょうあくはん》**。仲間《なかま》と力《ちから》を合《あ》わせ、先生《せんせい》の命《いのち》を救《すく》うため、**夜《よる》の学校《がっこう》**にしのびこむ!

このつづきは本《ほん》で読《よ》んでね!

世界一《せかいいち》クラブ
最強《さいきょう》の小学生《しょうがくせい》、あつまる!

ところが、さらに大事件《だいじけん》が……!?